お袋という相棒

稲上説雄
INAGAMI Setsuo

文芸社

目次

サービス担当者会議

一

サービス担当者会議の当日、まず驚かされたのは、樋口さんの命令口調だった。そんなの初めてのことだった。それまでの樋口さんは穏やかで丁重で、この一年半、ケアマネージャーとして、私を上から見下ろすような言動は一切なかった。

約束は午後四時半だった。その数分前、まだ時間には早いな、と思いながら何気なく玄関のガラス戸から外を覗くと、すでに樋口さんの車が玄関前の駐車スペースにあり、寒い中、運転席に樋口さんの姿も見えた。慌てて私は玄関のガラス戸を開け、「ああ、どうぞ！」と、今まで通りの気安い調子で手招きし、そしていつもは玄関框に座って話し合っていたが、今日は玄関を上がっていただき、居間へと招き入れた。そして私が廊下からキッチンの方へと回ろうとすると、樋口さんが、

「チェッ！　ああ……」と舌打ちし、嘆息し、そしてテーブルの上の盆に用意した四つの湯飲み茶碗を睨み付けながら、「お茶は出さないで！　話が長引いちゃうから」と命令口調で、怒鳴るように言う。

この話し合いのために、わざわざ午前中にスーパーで、百グラム五百円の緑色が鮮やかに出る芽茶を購入したばかりだった。居間も暖房を利かせ、客用の白い座布団を四人分並べて、木製テーブルの上には、契約変更には必要かもと思い、関係書類をパッケージに入れてハンコや筆記用具も用意してあった。

もうすぐ介護（福祉）士の今井さんも、施設からお袋を車に乗せて到着するはずだった。お袋のデイサービスの利用を、今までの週二回から、今日二月一日から週三回に増やすことにあたり、樋口さんから、数日前の月一回の訪問日の時、私の家で今井さんを交えて「サービス担当者会議」とやらを開きたい、という要望があったのだ。

「思ったこと、言いたいことがあったら、今井に遠慮なく言ってくれていいですからね」と、また樋口さんが、その数日前と同じことを言った。が、今日の言い方には遠慮がない。

「いやいや、あの時はこちらも、慣れてなかったもので、ついつい疑心暗鬼になってしまって、みっともなくうろたえてしまいました……でも今はもう、彼女らの気持ちも、立場も理解できていますからァ……彼女らは一生懸命なんですよ、もうそれが分かりましたからァ……介護士さんたちは、みんないい子たちですよォ」と私も、数日前と同じ内容の返事を繰り返した。が数日前と違って少々動揺していた。

ケアマネ樋口さんは、介護士今井さんらの上司であり、彼女らを指導する立場にいた。樋口さんは市の準職員であり、今井さんらの働く施設「山根デイサービス」は市の管轄下にあった。そしてまた樋口さんは、市内にいるケアマネたちを統括する位置にいて、ケアマネとその利用者の間に起こるトラブルなどを調整する立場にあった。つまり樋口さんは、この近辺のケアマネの親分だった。私より三つ年上で、私の高校時代の部活の後輩の姉でもあった。その後輩も聡明だったが、樋口さんも聡明であり、その家の兄弟姉妹全員が聡明であるという噂は、田舎では、もれ聞こえていた。

二

疑心暗鬼に陥ったのは八、九ヶ月前のことだった。朝晩の送迎バスに付き添う山根の介護士さんたちの、私を見る表情やしぐさが気になった。そして、その介護士さんらと交わす連絡帳の記述に疑心暗鬼に駆られてしまい、樋口さんの事務所に相談に行ったことがあったのだ。

「左手親指の爪が剥がれかかっています」という指摘、冬の寒い日「施設に着いてコートを脱いだら、下は下着でした。出掛ける時、気にしていただければ、ありがたいです」という報告、「両膝のシップはもう長期間貼り続けていて、一時お休みされては」という今井さんの助言、などなどの連絡帳の記述が気になった。それから、膝痛のシップに加えて皮膚病の手足の湿疹についても、一年半前の契約の時、風呂上がりには必ず医者から処方されたシップ薬と塗り薬の処置をと、お願いしてあったのだが、最近、その容器の中の塗り薬の量が一向に減っていないことが気になっていた。手足の湿疹もだいぶ目立たなくなり、それで薬を塗るのを止めてしまったのでは、と疑った。医者からは、まだ根気よく塗り続けるよう指示されていたのだ。

爪の剥がれは、さっそく掛かり付けの皮膚科で診てもらった。そして連絡帳には「左手親指の爪、気が付きませんでした。橋本医院で診ていただいたところ、もう下から新しい爪に生え変わっているのが分かりました。ありがとうございました」と返事した。下着の件については、「お袋は朝出掛ける前、着る服を何度も何度も取っ替え引っ替えし、時には前の晩から三時間も四時間も取っ替え引っ替えし、いつもいつも取っ替え引っ替えばかりしているので、着る服に注文をつけるのはなかなか難しい。朝、気を付けてはいるのですが」と弁解した。膝痛のシップの件は、これは、私が勝手に中止してしまうわけにはいかず、シップ薬を処方してくれている横光クリニックの先生に相談しなければならないことだった。

連絡帳の記述は、こちらが、どこか煽られ、指示されているようで、鬱陶しさを覚えた。爪や下着の件は、彼女らが私の不注意をほのめかし、男手一人の介護の怠慢を疑っているかのように思えた。また逆に、シップと塗り薬の件では、私が彼女らの仕事の怠慢を疑ってしまった。

そしてさらに私は、送迎に来る彼女らの表情や対応の様子から、考えすぎかも、とは思いながらも、お袋がまた彼女らに、私の陰口を叩いているのでは、とお袋を疑った。陰口、虚言は認知症の初期症状の一つだった。聞かされる方は、ついつい信じてしまう。

私が、東京から田舎へ帰って来て、親父とお袋と暮らし始めたのが十四年前。その時、お袋は六十九歳。今から思えばお袋は、もうその当時からおかしかった。手料理は、「作り方を忘れてしまった」とよく言い、かろうじてカレーライスくらいは作ることはできたが、スーパーの惣菜に頼って、おかずはほとんど作らず、また町内の回覧板に目を通すことや、自分の年賀状を書くこと、洗濯機を回すことなどはすべて親父に任せ、親父に甘え、金遣いが荒くて経済感覚がなく、気前よく金や物を、私や、甥や、老人仲間などにあげてしまっていた。そして陰で盛んに人の悪口を言い、泣きながら何度も妹の美恵子へ電話して「実の息子にいじめられるとは思わなかった。帰って来ない方がよかった」などと私の陰口を叩き、その一方で私に女のように甘え、私が「気持ち悪いなァ！」と撥ね付けると、自殺でもしかねないかのように肩を落とし、家を出、夜になっても帰ってこず、市内のはずれに住む妹の店まで歩いて行き、車で送られて帰って来たこともあった。

私は、高校を卒業してから三十年近く田舎を離れていて、お袋の性格を初めて知らされたような思いがした。お袋は、義母の介護を始めるまでは、若い頃からずっと同じ薬品工場に勤めていた。ために家事一切はその祖母に任され、それゆえにお袋は料理が苦手と、私は解釈した。祖母は強く、きつい性格だった。お袋は、そんな義母に萎縮し、気弱で従順だった。そして寝たきりだったその祖母が逝くと、お袋は、タガが外れたかのように自由に、酒を覚え、バッグや財布や帽子や衣服などをいくつも買い漁り、優しい性格の親父にひたすら甘え、人の陰口も言うようになって、お袋本来のわがままで奔放な女の性格があらわになった、と私はそう解釈した。私の嫌いな種類の女だった。

私が、お袋の記憶障害に気付いたのは、七、八年前の親父の死の、その少し前くらいだった。その時、もしかしたらいずれは、という危惧は覚えたが、すでに認知症の症状が現れている、という認識はまったくなかった。周りの誰にもそんな認識はなかった。つまり記憶障害の他に、虚言、金銭的ルーズ、いじめられているという被害妄想、泣きながら親戚や知人へ電話する、などなどの言動が認知症の初期症状であるとは、誰も微塵も気付いてはいなかった。お袋は、多少物忘れは多くなったが、はた目には正常な人間だった。ゆえに親父の死後、いろいろなトラブルが生じた。妹が「兄ちゃん（家を）出てけ！ワタシがこの人（お袋）の面倒を見るからァ」と怒鳴った。妹の店の仲居たちが、私を睨み付け、廊下ですれ違う時「ケッ！」と私を蔑み、舌打ちをして行った。近所に住む親戚のミチ子さんが勝手に家に上がって、「金を探す」と言ってお袋と一緒になって家捜しして、「アンタ、お高くとまっているって、近所の評判良くないよ！」と眉間にシワを寄せて帰って行った。わけが解らなかった。

親父の死後、私が家を相続し、金も私が管理して、お袋には小遣いとして、二ヶ月に一度お袋の年金支給日に十万円を手渡していた。渡してもお袋はすぐに忘れてしまい、二階の私の部屋へ、金をくれ、と何度も何度も上がってきた。またその十万円も、二十日ともたず、お袋はさらに金を欲しがった。老人会の付き合いに必要、とお袋は言い張る。私は、それにしては使いすぎ、と思いつつも、お袋の金であり、言われるままに郵便局から金を下ろしていた。

そして最近になって、近所の人が私に知らせてくれた。私がお袋の年金を使い込んでいると、そうお袋が近所中に言いふらしていたと。また、お袋が今通院している横光クリニックの年増の看護師も、私の何かを疑っていた。お袋の血圧が相変わらず高く、「アナタほんとうに、血圧の薬飲ませてんのォ！」と私を睨んだ。お袋は、その看護師に「朝、お薬飲みましたか？」と訊かれ、「飲んでない」と答えていた。お袋は今朝のことなど、もう覚えていないのだ。慌てて私が弁解しても、看護師は信じようとしない。その信じようとしない頑なさは、私の男手一人の介護の怠慢を疑ってのことばかりとは思えなかった。

私は、同じ横光クリニックに通院しているらしいお袋の老人会仲間のある男が、私のことを何か言っているのでは、と疑った。お袋は八十路を過ぎているとはいえ、可愛らしく美人の残り香を放っていた。親父の死後、その男のお袋への露骨なアプローチを私は知っていた。許せねえ野郎だった。看護師ばかりでなく横光先生もまた、私を疑い、「薬を飲ませてるのか！」と怒鳴ったことがあった。世話になっている医師とはいえ、年下の男からの叱責は私の自尊心には痛手だった。

樋口さんに連絡帳のことを相談してみようと思ったのは、介護士も、認知症患者に慣れているとはいえ、妹や親戚の人や近所の人や横光クリニックの先生や看護師らと同じなのでは、と思ったからだった。

私は直接樋口さんのいる事務所を訪ねた。樋口さんは周囲の職員の耳を憚って個室へ案内してくれ、二人きりで話すことができた。私は樋口さんを頼っていた。下着の件、シップの件、湿疹の塗り薬の件などを話し、お袋が彼女らに、私のことを何か言っているのでは、と疑心を打ち明けた。が樋口さんの反応は、まじまじと私の顔を見、それはちょっと考えすぎなのでは、とでも言いたげに、私の中の異常を探っているかのようだった。そして私の方も、いざ口に出してみると、オレはいったい何を言っているんだろう、なんでこんなつまらんことにこだわって、と己の人間の小ささを覚えずにはいられなかった。

樋口さんは「じゃ、それとなく彼女らに探りを入れてみます……」、と事が複雑にならないように配慮してくれ、しかし塗り薬の件は、「遠慮なく連絡帳に書いてください」と明確に指示してくれた。頼りになる人だった。

相談のあと私は、さすがに自分のみっともなさを思い、情けなく思った。爪の件は、お袋の身体に気を配ってくれている証であり、下着のことも、お袋の身体を気遣ってのありがたい助言だった。また、塗り薬の件はしばらく様子を見ることにしたが、実はシップの件では、横光先生に相談してみると、先生がうろたえを見せ、では、そうしますかァ、と介護士今井さんの提案を即座に受け入れて、一年以上続けていた両膝のシップ貼りを中止することが決まったのだ。すべては私の考えすぎ、と思った。これではお袋の被害妄想と大差なかった。本当に自分に呆れてしまった。帰り際、樋口さんも、事務所の入り口前の廊下に佇みながら、半分笑顔でこちらの「考えすぎ」を心配してくれていた。

しかしそれから二、三ヶ月後、月一回の訪問日に樋口さんが、玄関の框に腰掛けながら「連絡帳をちょっと見せていただけませんか」と言い、「実は、他にも同じようなことをおっしゃる方がいらっしゃって……」と呟きながら連絡帳を丹念に繰ると、「これでは押し付けになっちゃってますねェ、介護されている側に負担を強いてしまってます。もっと相手の立場になって書かなくてはァ……」とため息を漏らすと、「これからも、率直に、なんでもおっしゃってください。指導の参考になります。お願いします」と頼まれた。

三

外にエンジン音が聴こえた。

「ほらほら、来たわよ、行かなくちゃ！」と樋口さんが、アゴで私を急き立てた。

こんな扱いも初めてだった。戸惑いながらも、急かされるままに私は、玄関へ今井さんとお袋を迎えに出た。

居間に入ると、樋口さんと今井さんは木製テーブルを挟んで私と向き合い、お袋が脇に座った。それから樋口さんと今井さんから、これまでの週二回から週三回の利用に伴う若干の変更事項の説明があり、私も二、三の質問をしたあと、

「今井さんにちょっと、見ていただきたいものがあるんです」

と私は、お袋の介護に関係した書類でいっぱいになって膨らんでいるパッケージを、テーブルの上にドンと置き、パッケージのファスナーを開けて書類を探した。

実は私には、今日の話し合いでの話題の持っていき方に、ある目論見があったのだ。

「ずいぶんきちんと整理されてるんですね」と、今井さんが笑顔で言う。

「男の人にしては、珍しいわね」と樋口さんが、言外に「女みたい」という意味を含んでいるかのように言う。

そのトゲのある言葉を無視しながら私は、テーブルの上にA4用紙二枚を並べると、

「これは、樋口さんにはこの前お見せしたんですが、月に一度、横光クリニックの先生に見せるもので、毎朝私が測っている、この人の血圧なんですが……先月は、あるちょっとした思惑がありまして、こんなことを付け加えてみたんです……ちょっと読んでいただけませんか」と、数字が並ぶ毎日の血圧測定表の欄外に記した、○印以下の文章を、指差した。

○血圧が、家で測ると低く、医院やデイサービスでは高い、白衣高血圧というやつか？　家でも、こちらの態度が、微妙に血圧に影響するのがよく分かる。
○一年前の冬までは、お袋が自分で湯たんぽを作っていた（二つ）。が、今年からは私が作るようになった（足元と手元の二つ）。部屋の暖房も、就寝中は切っていたが、今年の冬から室温二十度に設定。ときどき夜中に部屋を覗くと、布団をはね除けている時がある。最近は、朝起きた時、手や足や鼻先に血行障害は見ら

れない。しかし布団から出て、二、三十分も冷気に晒されると、次第に指先が白くなってくる。しかし以前のように、黒ずむまでのチアノーゼとなることはめったになくなった。

○最近お袋は、雨戸の開け閉めができなくなり、エアコンのスイッチの「入れ切れ」もできなくなった。今、お袋にできる仕事は、ゴミ出し、風呂洗い、玄関周りの掃除、の三つ。しかし、その三つも次第に危うくなってきた。

○一年前からお袋の酒量が減り、最近はほとんど呑まなくなった。親父の死後、よく泣き、酒を浴びるように呑んで酔っ払い、失禁などもしていたが、最近は、認知症が進み、それゆえに、酒の力を借りる必要がなくなった、ということなのだろうか？

○服用している薬

朝……血行障害（二錠）、血圧、脳、かゆみ止め、アレルギー、の六錠。

昼……血行障害（二錠）、の二錠。

晩……血行障害（二錠）、かゆみ止め、の三錠。

他に皮膚病の塗り薬、薬テープ、薬スプレー。

○通院している医院

横光クリニック（内科・外科）……毎月一度（血行障害・高血圧）

みやけクリニック（精神科）……毎月一度（認知症）

橋本医院（皮膚科）…………随時（湿疹）

血圧測定の用紙提出は、もう一年以上も続けている。薬を飲ませていないのでは、と先生に疑われ、その疑惑の払拭に、私は根性で毎朝欠かさず血圧を測り、意地になって血圧測定表を毎月提出していた。おかげで先生の疑惑は晴れつつあるようで、最近は提出のたびに先生は恐縮の表情を見せる。が年増の看護師の方は相変わらず、先生の診察前にお袋の血圧を測っては、私を睨み付ける。そこで私は、男手一人の介護の大変さ、オレは一生懸命やってるんだぞ、ということを明確にアピールしてやろうと、先月は、こんな文章を付け加えてみる気になったのだ。お袋は、対人関係にはデリケートな性格で、息子の私が測れば血圧値は低く、鬼瓦のような怖い顔した横光クリニックの看護師が測れば血圧が上がるのは当然だった。また、処方される血行障害の薬など、ほとんど効果なく、真冬の夜の暖房、湯たんぽ二つの方がよっぽど効き目があった。

先月、この文章を読み終えた先生が「ああ、ほんとぉ?」と驚き、私の顔を凝視した。何に、そんなに驚いたのか分からなかった。

まさか白衣高血圧を知らないはずはなく、私の介護の苦労を初めて知ったためなのか、お袋の症状の悪化に驚いたのか、アルコール依存が解消しつつあることか、それとも親父の死後のお袋の様子に驚いたのか。聞きただすわけにもいかず、そこで今日二月一日の数日前の月一回の樋口さんの訪問日に、樋口さんにその用紙を読んでいただき樋口さんの反応を窺った。

樋口さんも驚いていた。親父が死んでからのお袋の様子は初耳だったらしい。横光医師にも樋口さんにも、お袋のアルコール依存は伝えてあったが、親父の死に結びつけて、それほど詳細には話してなかったのだ。

親父の死後、夜になると、仏壇の親父の遺影がお袋の部屋へと移動して、襖の向こうから嗚咽が漏れてきた。ビールは軽い、と言ってお袋は、焼酎の四リットルサイズのボトルをスーパーで買い、自転車の前かごに入れ、帰りに顔見知りに会ったりすると、息子が呑むからァ、とうそぶいていたらしい。泥酔してトイレで倒れ、失禁し、翌朝はケロッと全然覚えていなかった、ということもあった。

認知症に詳しいと思われる医師やケアマネでさえ、身近な家族ほどには、その具体的な細かな症状までは知り得なかった。また、患者それぞれに個性に見合った異なる症状があり、家族それぞれに窺い知れない物語があるはずだった。ゆえに、記憶障害以外は、どこからどこまでが認知症の症状であるのか、そうでないのか、誰一人明確には判別することはできないように思われるのだった。

「これを、いつもお見せしてるんですか？　ずいぶん細かく……」と今井さんが、一ヶ月分の血圧表を見ながら、感心していた。

毎朝の血圧数値の他に、その日の気温、測定時のお袋の様子なども、事細かくメモしてあったのだ。

「ちょっと細かすぎるんじゃない！」と樋口さん。

私は慌てた。樋口さんの、そんな細かいことまで報告する必要などない、とでも言いたげな口ぶりに、私は、樋口さんの顔を直視できず、今井さんの方ばかりを向きながら、弁解し始めた。私への横光医師と看護師の疑惑、この用紙はその疑いを晴らすために、などと話しながら私は、しかしこの件はもう樋口さんは承知しているはずなのに、と戸惑った。

老人会仲間の男のことまでは打ち明けてなかったが、横光医師と看護師の頑なな疑惑、提出している用紙の意味も話してあり、そして……病院を変えることは簡単ではあるが、それでは疑惑を肯定してしまうように思え、不本意であり、賢明にも思えず、また、感情的になって弁解したり反論したりするのは、かえって疑惑を助長するようにもなりかねず、これも賢明でなく、病院を変えることも感情的になることもいずれも、自分にとっては不自然な選択に思え、無理があり、ここはまあ耐えて、疑惑を甘んじて受け止めて、むしろ疑惑を掛けられる立場を楽しむくらいの余裕で、受け身な姿勢で対処していくのが賢明なのでは、などと言う私の意見に、この前の訪問日の樋口さんは、賛成です、とにこやかに応えてくれていたのだ。それが今日は……?

私が戸惑っている間に、木製テーブルの向こうにいる女性二人は、用紙を見ながらお袋が服用しているアレルギーの薬のことを話題にしていた。今井さんは看護師の資格もあり、薬には詳しかった。お袋の額や腹部、胸、背中にできたアレルギー性の水疱の話、それから話題は、樋口さん自身の花粉症へと移り、私も二言三言それらの話題に言葉を挟んでいたが、私はしかし、早く、お袋の白衣高血圧の方へと話題を移したかった。その目的は、今井さんにもお袋の認知症の詳細を知っていただいて、その反応を見たかった、というわけではない。ねらいは今井さんではなかった。ねらいは、樋口さんだった。実は数日前の訪問日、樋口さんはどうも私の言動を「誤解」したらしく、その「誤解」を払拭したかったのだ。

「お袋は、白衣高血圧だと思うんです」とようやく私は切り出すことができた。「白衣高血圧っていうのは、ご存じとは思いますが、家で測ると正常な血圧値なんだけれど、病院や慣れないところで測ったりすると血圧の数値が高くなる、という現象で、お医者さんや看護師さん、それから見知らぬ人の前へ出たりすると緊張する、という性格の人の症状、ということですよね……でね、この人もね、そうなんですよ。緊張するんです。慣れない人や知らない人がいると、落ち着かないんです。実はね、この人、最初の一年間くらい、山根に行くの嫌がっていたんです」、今井さんの表情がこわばる。「今日は山根に行く、て言うとね、行かない！　て必ず言うから、だからいつも、今日は横光さんに行く日だから、て毎朝ウソを言って出していたんです。でも迎えの介護士さんが玄関に現れればね、この人如才ないですから、待ってたよォ、て即座にお愛想を言って、手を引っ張られてバスに乗って行きますけど、でもそれがね、去年の九月頃からかなァ、ウソを言わなくて済むようになったんです。今日は山根に行く日だ、と言うと、もう嬉々として出掛けて行くようになったんです。一年かかってようやくね、介護士さんたちや他のご老人たちに慣れたんですよ」、今井さんが安堵の表情を見せる。「初対面の人や、それからまた特にね、押しの強い性格の人なんかには、この人、萎縮しちゃってね、過剰に下手に出て、必要以上に取り入ったり、必要以上にサービスしちゃったりするところがあるんです……和子さん、ていうこの人と同い年の、若い時からの友達がいるんですけどね、今でも和子さん、よく家に遊びに来てくれるんですけど、でもこの和子さんという人がまた図々しいというか、鈍感というか、とにかく押しの強い人でね。でもこの人はね」と私は、お袋を指差し、顔を見ながら「ほんとうはその和子さんのこと、嫌ってるんです」と今度は、樋口さんの方を見た。樋口さんには和子さんの話は何度かしてあり、お袋が和子さんのことを嫌っている、ということも伝えてあった。私はその点の確認をしたく、樋口さんの眼を覗くと、樋口さんが承知しています、というように頷き、私はまた今井さんの方へ向き直り、「和子さんが来るとね、この人急に落ち着かなくなり、焦ってお茶を出したり、食べ物を冷蔵庫の中に探したり、二階へ上がってきて私に、何か菓子はないか、と必死な顔したり、それから和子さんが鯛焼きとかお好み焼きとかを持ってきたりするとね、この人、金を使わせちゃって悪いからワタシがその金を払う、なんて言っちゃってね、もう過剰に取り入るんです。それで、和子さんが帰る時なんか、わざわざ玄関から外へ出て、その前の路地を百メートルくらい見送って行くんです。毎回毎回ね。それで見送って家に帰ってくるとね、アタシなんか一ッ回もあの人んち（家）に呼ばれたことァない、なんて顔をしかめて和子さんのことを悪く言うんです」と私は、お袋の顔真似をして顔をしかめ、そのしかめっ面を樋口さんに見せ、樋口さんがちょっと笑みをこぼし、また私は今井さんの方に向き直って、「この前、老人会仲間でグラウンドゴルフをやっている人から聞いたんですけど、みんな知ってるらしいんですね、この人が和子さんに萎縮してること。で、みんなで和子さんからこの人を引き離してやろう、と腕を引っ張ってくるらしいんですけど、でもすぐにまたこの人、遠くから蛇に睨まれてるカエルのように、近付いて行ってしまうらしいんです。でも最近はね、和子さんが来るとお袋、和子さんを居間に一人にさせたまま、風呂掃除を始めたり、二階で話していると二階で本を読んでいる私が五月蝿《うるさ》がるから、なんて私をダシに使ってね、和子さんを追い返そうとするんです。ええ、ほんとですよ、こっそり聞いてたんですから。それでしばらく和子さん来なかったことがあるんです」。お袋も下を向いて笑っている。そして私は、多少お袋の耳を憚りながらも、無視して、声を小さくしながら「なんかね、症状が進むにしたがって、逆にこの人、少しずつ強気に図々しくなってきたような気がしてね、良いのか悪いのか。とにかく数年前まではまだ、午後になると午前のことを忘れる程度でしたけど、最近はもう三十秒前のことを忘れてますからね。でもね、和子さんのことは忘れないんです。自分の子供の、十三年前に死んだ私の弟のことは忘れ、親戚の人もほとんど忘れ、老人仲間の人もほとんど忘れてますけど、和子さんのことは忘れないんです。忘れたくても忘れられないんで、もう陰で悪口言いたい放題なんですから。でも、和子さんの方もね、この人と同い年ですから、最近この人と同じようになってきましてね、二階のオレのことなんか忘れてしまったらしくて、またよく遊びに来るようになったんです。まあ、いくらお袋が図々しくなってきたといってもね、まだまだ和子さんには勝てませんよォ、ハハハハァ……」。

予定通りの話の持っていき方、予想通りの樋口さんの反応に、私は気を良くして冗談まで飛ばしてしまった。樋口さんも今井さんも、お袋を気遣いながら、下を向いて笑いを噛み殺していた。次は、仕上げの一言だった。

「そこでですねえ、樋口さんなんですけど」と私は、樋口さんの方に向き直り、樋口さんの眼をしっかり見つめて話しだした。

「樋口さんはお袋にとってはいつも初対面の人なんですよ。月に一度、樋口さん、来てくれるんですけど、一ヶ月も間隔を空ければ、もう忘れてしまうんです。それでもこの人、玄関に樋口さんを迎えに出ると、やあ、久しぶりィ！　なんてね、笑顔で調子合わせてますけどね、ほんとは毎回、この人にとっては樋口さんは初対面の人なんです。だから樋口さんに会うの、この人嫌がるんです。陰で、顔をしかめてオレにね、誰あの人？　お前一人で会え！　てね。だから樋口さんは和子さんとは違うんです。和子さんは忘れたくても忘れられず、それで嫌いな人で、樋口さんはいつも初対面の人で、それで緊張するので、だから嫌いな人なんです。嫌う意味が違うんです……」

樋口さんは私の眼の奥の方を覗き込み、それから、ニッコリと笑った。私は安堵した。

実は樋口さんは、数日前の訪問日の時から少々様子がおかしかったのだ。今日ほどの命令口調ではなかったものの、気になる言い方、気になる表情を見せていた。その訪問日、樋口さんが帰ったあと、初め私は漠然と鬱した気分に陥り、何ゆえに自分はこんな気分に陥っているのだろう、とその鬱の出どころさえ分からないでいた。それほど微妙な樋口さ

んの表情、言動だった。例えば、

「デイサービスの利用がこれまでの週二回から週三回に増えますが、老人会のグラウンドゴルフへの参加の方は、これまで通り週二回は維持してください。運動は大事ですから……」という樋口さんの発言。

取るに足りない、些細な言い方だった。しかし私には微妙に堪えていた。精神科の医者からも「運動は大事ですから、なるべくグラウンドゴルフは続けさせてください」という助言があり、私はお袋を、車に乗せてグラウンドゴルフ場まで送り届けると、あとはどうにでもなれ、と身勝手な思いでお袋を車から降ろし、そのまま立ち去り、いつも老人たちにお袋を押し付けていた。お袋がスティックでボールを打つ順番を毎回間違えたり、同じことを何度も聞いたりして、老人たちに迷惑を掛けていることを私は知っていた。

去年の秋のことだった。いつものようにお袋を車に乗せてグラウンドゴルフ場に着くと、辺りには誰一人もいず、私は、日を間違えたかな、と思ったが、どうもその日は、老人会の秋の旅行日だったらしい。お袋にはお声が掛からなかったのだ。そのことを樋口さんに話すと、「ええっ、可哀そう」と樋口さんは電話の向こうで、半ば笑いながら気の毒がっていた。樋口さんも、お袋のグラウンドゴルフ参加への私の気苦労、老人たちの負担は、充分承知していた。だからいつもの樋口さんなら、「運動は大事ですから」のあとに「大変かもしれませんが……他のご老人たちにも相変わらず迷惑を掛けることになるかもしれませんが……」と、こちらを慮《おもんぱか》った気遣いぐらいは見せるはずだった。が、この数日前の訪問日には、その気遣いが省かれていた。その気遣いの省略が、微妙に私への押し付けに感じられたのだ。そしてその押し付けは、私が介護士さんたちとの連絡帳の中で覚えた押し付けに似て、樋口さんが介護士さんたちに戒めているはずのものだったのだ。

私は、その訪問日の何かに、樋口さんは機嫌を損ねたに違いない、とそう思い、その日のことを何度も何度も反芻した。その日、樋口さんから次回のサービス担当者会議の話が出る前に、私はまず、玄関の框に腰掛ける樋口さんに、例の、横光医師にその数日前に提出した用紙を見せて意見を聞いた。お袋も、しばらく玄関の板の間に正座していた。が、私と樋口さんが話し込んでいる最中にお袋は、黙って席を立ち、奥の六畳間に引っ込んでしまった。そして用紙の話がひと段落つくと樋口さんが、ひさ江さんを呼んでほしい、というので私は奥の六畳間へお袋を呼びに行った。するとお袋は、「誰あの人？　やだよォ、アンタ一人で会って」と顔をしかめて顔を出すのを嫌がった。が、私は強引にお袋の腕を引っ張り、背中を押して廊下へ出て行くと、樋口さんが框から立ち上がって、

「どうですか？　お元気ですかァ？」

と声を掛け、お袋は、満面に笑みを浮かべながら、

「やあ、ありがとうねェ……アンタ、いつも若いねェ」

などと樋口さんを、当然のごとく馴染みの人であるかのように振る舞って、私は、その変わり身のあまりの見事さに、あきれ返って笑いながら、

「ほんとはこの人、樋口さんに会うの嫌だ！　お前一人で会え、なんて、こんな顔して言ってたんですよ」

とお袋のしかめっ面を真似して言ってしまった。

私の不用意な一言だった。思えばそのあと、樋口さんは「ワタシはひさ江さんのこと、好きだよォ、ワタシはひさ江さんのこと、好きだよォ」と狼狽し、盛んにその場を取り繕っていた。

この一言に違いない、と私は思ったのだった。この一言のあと、次回の今井さんを交えた「サービス担当者会議」の話題となり、それから樋口さんの微妙な言動が始まったように思えた。樋口さんは、お袋が和子さんを嫌うように自分もお袋に嫌われていると、そう解釈したのかもしれなかった。それを私が無遠慮に笑いながら話し、樋口さんは、そんな

私の無神経、あるいは隠れた悪意と勘ぐって、誤解の反発を覚えたのかもしれなかった。やはり認知症に詳しいと思われるケアマネでさえ、身近な家族ほどには、その具体的な細かな症状までは知り得ないのでは、と思ったのだった。

しかし、そんな一言など、この日のサービス担当者会議での樋口さんの上から目線の態度には、微塵も関係ないことだった。

やみくもな話題展開のあとも、樋口さんの上から目線、私への口撃はやまなかった。あらためてまた、お袋のグラウンドゴルフ継続を指示された。また、洗濯は今はもうすべて私の仕事となっている、と告げると、干すことや取り込みくらいは、手伝わせるよう指示され、私が、お袋はもう干し竿の扱いがまともにできず、ベランダ屋根のポリカ波板を突き破ってしまったり、二、三日前に取り込んだ服をまた干したり、取り込んだ衣類もどこへしまい込んだのか分からなくなってしまうことがある、と事情を話すと、樋口さんは、そういうことではしょうがないわね、としぶしぶ怖い顔をして承知してくれた。

そして、ここまで言うか、と驚かされたのは、お袋の便失禁についてだった。お袋はこれまでに二度、便を漏らしたことがあり、トイレを汚し、予備の着替えの下着もすべて汚してしまって、夜中に妹に電話して紙オムツを買ってきてもらったこともあった。原因はすぐには分からなかったが、それがある日、キッチンにカビの生えた茶葉が入った急須を見つけ、合点がいった。茶は、最近はいつも急須は使わずに、冷蔵庫に水出し茶を冷やしておいて、それをレンジで温めたり氷を入れたりして飲んでいた。が、どうもお袋は、ときどきそのカビてしまった茶葉が入ったままの急須に、ポットのお湯を注いで飲んでいたらしいのだ。私はそのことを、意表を突かれた失敗談として笑いながらお二人に話した。が樋口さんは、「それはアナタの責任だ！」とピシャリ、厳しく言い放った。

私は呆然と、ひたすら樋口さんの口撃にサンドバッグのように打たれながら、しかし意識の隅の方で、前々からもしかしたら、と思っていたＤＶ疑惑のことを考え、私は樋口さんと今井さんに、私とお袋との親子ゲンカの様子を笑いながら話しだした。お袋は内弁慶だった。強い相手には、ひたすら卑屈に過剰に従順だったが、死んだ親父や最近の私には、わがままに悪態をつくことさえできた。私は、眼の前の二人の女性の顔を交互に見ながら、目いっぱい冗談めかして、お袋の顔真似口真似を交え、その悪態ぶりを披露して見せた。私は昂揚していた。窮地に追い込まれているという不安を、吹っ飛ばすように饒舌になっていた。

妹も親戚のミチ子さんも近所の人も医者も看護師も介護士さえも、ある意味、私にとっては敵だった。彼らの、認知症患者であるお袋への思いやりは、裏返せば、介護する私への非難や疑惑になっていた。しかしケアマネージャーという職は、患者へはもちろん介護する家族の側にも気を配り、その双方を思いやるのがその務めのはずだった。つまり樋口さんは私の味方のはずだった。私はそう解釈し、樋口さんを頼り、期待していた。また、その期待通りに樋口さんは聡明で冷静で仕事ができ、信頼できる人だった。もし樋口さんから、私に対して否定的な指摘があれば、ただちに素直に、私には受け入れる覚悟さえできていた。その樋口さんが私を否定した。なぜか敵になった。私は絶望的な気持ちになり、これから先、誰も頼れる人がなく、周りがみな敵ばかりの孤立無援の恐怖に怯えずにはいられなかった。

そして二人の帰り際、私の内心の動揺を隠した饒舌ぶりを、今井さんは見抜いていたかのように心配そうに私を窺い、玄関から出る時も、しばらく立ち止まって私を気遣ってくれた。しかし樋口さんの方は、挨拶もそこそこに席を立ち、怒ったようにさっさと玄関を出て行ってしまった。いつもの礼儀正しい樋口さんとは明らかに違っていた。何かが樋口さんを変えていた。今井さんもその何かを知っているのかのようだった。

樋口さんと今井さんの二人が帰ったあと、私は、心ここにあらずの、妙な興奮に襲われた。思考が張り詰め、しかし漠然として取り止めがなく、夕食作りに集中しながら、早くビールを呑みたかった。風呂はもう、樋口さんたちが来る前に済ませていた。あとは湯たんぽを二つ作り、お袋の身体に薬を塗り、薬を飲ませ、テレビを観ながらビールをあおって、ただ睡魔に身をゆだねればいいだけのことだった。しかしこの晩は、いつものビール三缶に加えてチュウハイ二缶を追加した。そしてようやく眠りに落ちたが、また深夜、酔いが醒めて頭が冴え、覚えのある十二指腸潰瘍の前触れの胃痛に見舞われた。たまらずハイボールを数杯あおり、また酔っ払った。

翌朝は二日酔い気味に眼を覚まし、それでもお袋の血圧測定は忘れず、湯たんぽを換え、朝食を作り、洗濯し、薬を飲ませ、そして二階の自室に戻ると、なぜか急かされるような胸騒ぎを覚えた。何かに集中したくなった。しかし本を読んでも、なかなか集中できず、テレビを観てもうわの空となった。樋口さんのことを考えまいとしても、どうしても頭の中に樋口さんが侵入してくる。恐ろしくなってきた。

昼食を済ませると、お袋を一人家に置き、寒風吹きすさむだろう海辺の遊歩道を歩きたく、車で家を出た。お袋は寒い冬は、手足の血行障害がひどくなり、めったに外へ出歩くことはなく暖房の自室から出ようとしなかった。車中の私は、運転に集中でき、海岸では、期待通りに冷たい突風に煽られて、歩くことのみに集中できた。しかし家に戻るとまた、不安と混乱と恐怖に襲われた。いろんな想像、妄想が頭の中を駆け巡り、そのそれぞれに意味が与えられず、無意味な断片が頭蓋の壁を圧迫して閉塞感さえ覚えた。私は呑み友達に電話していた。別に相談したかったわけではない。ただ酔っ払って騒ぎたかったのだ。樋口さんが敵に回ったことだけは確かなようだった。私はひたすら呑み、女の子とデュエットし、チークを踊り、そしてどう家に帰ってきたのか覚えがなく、翌朝ベッドの中で快と不快のうちに眼が覚めた。

不快な二日酔いが悩みを解消してくれていた。ありがたかった。不快だったが爽快だった。また混乱と恐怖がやって来るとは、とても思えなかった。それから根性を出し、ふらつく脚で二階から一階へと下り、お袋の血圧を測り、湯たんぽを換え、薬を塗り、朝食を作り、洗濯し、薬を飲ませ、そうして午前中は安穏と快と不快の二日酔いの中で過ごせたが、午後からまた胃がキリキリと痛みだしてきた。

四

やはり気になったのは、ＤＶのことだった。統計的に、母親を介護する息子のＤＶ率が最も高いのを私は知っていた。当事者である自分には、充分すぎるほど理解できた。お袋とは何度もケンカしていた。私の狂ったような絶叫が、近所に聞こえているに違いなかった。

私は、十四年前に東京から田舎へ戻ってきてから親父が死ぬ七、八年前まで、お袋とはほとんど口を利かなかった。お袋は、私の嫌いな種類の女だった。料理下手、親父への依存、無謀な金銭感覚、浪費癖、息子への過剰な愛情表現と、その過剰を逸脱して私をオスの対象としているようなところがあった。後にそれは病の症状であることが分かったが、ショックだった。軽蔑せずにはいられなかった。

妹も、そんな私とお袋の不仲を知っていた。しかし詳細は妹には告げてなかった。妹は市内で、旅館を兼ねた割烹料理店の女将をしている。樋口さんは、妹の亡くなった義父母の元ケアマネで、妹からの紹介でもあったのだ。

妹から何か聞いているのかもしれない、という疑念が浮かんだ。それから、近所の人から何らかの通報があり、それが樋口さんの耳に入ったのでは、と勘ぐり、そしてさらに、やはりお袋が山根の介護士さんたちに、息子に殴られた、とでも言っているのでは、と疑い、それで樋口さんと今井さんがその辺を探りに来たのかも、と疑った。

親父の死後、さすがにお袋と口を利かないでは生活できず、しかし口を開けば、私の口調はきつくなっていた。東京では五年に一度も感情的になったことはないが、その頃の私は毎日のように怒っていた。おかげですっかり高血圧症となってしまった。一方お袋は、優しい親父との生活に慣れていたせいか、初め、「もっと優しくしてェ」と蚊の鳴くような声で哀願していたが、ある時、怒る私の顔をまじまじと見ながら、「いつもそんな顔をしていると、そんな顔になっちゃう」と吐き捨てるように言うと、それ以後、隠していた女の本性をあらわにしたかのようにふてぶてしくなり、こちらのハラワタを抉《えぐ》るような見事な悪態をつくようになった。

そんなお袋の意外な面は、近所の人はもちろん知るはずはなく、妹もたぶん知らないと思う。お袋は、今でもときどき妹に電話し、そして妹は、いつの間に来たのか一階のお袋の部屋で声を潜めて話し込んでいたりしていた。以前の妹は、黙って帰ることが多かったが、最近は「朝、（お袋が）電話してきたからァ」、と漏らして帰るようになった。泣きながらの電話や被害妄想が、病の症状の一つであることをようやく妹も理解するようになってきたのかもしれなかった。お袋は、妹には私のことを悪く言い、私には妹のことを悪く言った。口紅とか、湯たんぽとか、今使ったばかりの箸とか、何か捜し物が見つからないとお袋は、「美恵子が持って行っちゃった、あの子はみんな持って行っちゃう」と必ず妹のせいにした。

お袋とのケンカの原因は、あまりに些細なことばかりでほとんど覚えてはいないが、ロウソクのこと、最近では風呂のことやパジャマのことなどがあった。

お袋は、日に何度も仏壇の前に座り、ロウソクに火をつけ、親父に線香を上げていた。ときどきロウソクの火を消し忘れ、私が「火事になったらどうする」と注意すると、いま消すとこだった、と開き直り、わざと私を困らせようとするかのように聞く耳を持たなかった。私も思案して、五分経てば火が消える短いサイズのロウソクを買ってきて、長いロウソクは仏壇の奥に隠してしまった。するとお袋は、その短いサイズをあてにしてしまったのか、火を消す習慣をすっかりなくしてしまい、そしてときどき、また、隠したはずの長いロウソクが長時間薄暗い仏壇の中で炎を揺らしていることもあったりした。思い通りにいかないことに私はイライラした。殴りたくなった。するとその気配を察したお袋が、なぐれ、なぐれ、さあなぐれ、と私の前に顔を差し出した。楽にしてやろうか、死んでやろうか、と凄《すご》まれたこともある。

お袋には毎晩、風呂には入ってもらっていた。脱いだ下着も、お袋は必ず洗濯機の中に入れてくれていた。そして、お袋が風呂に入っている間に私が夕食を作り、お袋がパジャマに着替えて風呂から上がってくると、お袋の身体に私は薬を塗った。しかしその段取りが、いつの間にか乱れてきた。なぜか、お袋が風呂に入りたがらなくなり、下着も替えたがらなくなったのだ。風呂に入れ！　と言っても、入った！　とウソをつく。なだめ、すかし、最後には私は怒鳴っていた。

そしてまたなぜかお袋はパジャマに着替えたがらなくなった。風呂に入っても入らなくても、それでも私はパジャマに着替えさせ、薬は塗った。しかし気が付くとまたお袋は服に着替えていて、私が「寝る時はパジャマだろう」と着替えを手伝っても、また脱いでしまい、またパジャマを着せ、こちらも意地になって何度も着替えさせた。

しかし……私が怒鳴って、感情的になるのは、自分の思い通りにならないこちら側の都合にすぎなかった。お袋に責任はなかった。万が一の火事を危惧する自分、お袋の身体を清潔に維持したいと思う自分、寝る時はパジャマに着替えてほしいと思う自分、そんな自分の思い通りにならないお袋に、私は苛立った。思い通りになるはずがなかった。火の消し忘れも、風呂に入ろうとしないのも、パジャマに着替えようとしないのも、すべては病であり、病の進行のせいであり、お袋に責任などなかった。注意しても、無駄とは分かっていた。無駄とは分かりつつも私は、その病の進行に抗い、お袋を怒鳴っていた。そして、今までお袋ができていたことの一つひとつが、つぎつぎと私の仕事の領分に入ってくる、その現実にも私は、抗っていた。この病に現状維持はあり得なかった。病はひたすら進行する。そして病が進めば、当然こちらの対処の仕方も変えなければならず、段取りを変更し、こちらの気持ちも切り替えなければならなかった。要するに私は、その段取りの変更、気持ちの切り替えを面倒くさがり、ただお袋に八つ当たりしていただけだったのだ。自己欺瞞も甚だしかった。

お袋は、ロウソクの火を介して、異層の世界にいる親父と通じていたかったのだ。火を消すの消さないのなんて、無粋なことだった。野暮な言いがかりだった。そう思った私は、お袋がロウソクを消し忘れても、怒らず、自分が気付いた時に黙って消すよう心掛けた。するとロウソクの火は、いつの間にかお袋に、消す習慣が戻っていた。ということは、消さなかったのはやはり私への当て付けだったのか？　そしてお袋は、その私の気持ちの切り替えに応えて改心してくれた、ということなのか？　それとも、さらなる病の進行が逆に、火を消す習慣をお袋に甦らせたというのだろうか？

お袋はそれまで、毎日何度も仏壇を拝んでいたが、最近はめったに拝むことがなくなった。お袋の親父への執着が薄れ、それで以前の習慣が戻ってきた、と解釈できないこともなかった。

そして毎日の入浴も、樋口さんの、週二回山根で入っているのだから家で無理して入らなくてもいいのでは？　という提案に、眼からうろこ、私は楽になった。毎日風呂に入り、毎日下着を替えなければならない理由などなかった。誰でも、汚れて気持ち悪い、と思った時に、風呂に入り下着も替えればいいのだった。するとどうだろう、お袋がしばらく風呂に入らないでいると、下着のみが洗濯機の中に脱ぎ捨ててあったりした。風呂には入りたくないが、汚れた下着は気持ち悪い、と思ったのか？　やはり私の、思い通りにしたいという都合の方に無理があったのかもしれなかった。風呂に入りたがらないお袋の方が、本来の人間として自然なのかもしれなかった。

そしてパジャマのことも、寝る時はパジャマに着替えなければならない、などというつまらぬこだわりを私は捨てた。すると、ときどきはまだ服のまま寝ていることがあったが、ほとんどの朝、お袋はパジャマに着替えて布団の中にいた。

お袋のこの変化は、意識的なのか無意識なのか、私の自己欺瞞やその気付きを、まるで鏡のように反射して、私に見せ付けてくれているように思えた。私の欺瞞にはお袋は、悪態や反抗で否定したが、その欺瞞の私自らの気付きには、お袋は私の思い通りのお袋になって応えてくれた。人が受け入れるのは、相手の欺瞞ではなく、相手の素直な無作為な思いだった。当たり前のことだった。自然なお袋の反応だったのだ。

お袋の記憶をつかさどる脳の海馬は、ほとんど壊れていると、ＭＲＩ撮影結果は告げていた。私が怒鳴ったことなども、すっかり忘れているに違いない。脳による自我も壊れて、もうお袋の自我は、もしかしたら親父と同じような高次の異層の世界に在るのかもしれなかった。私にはお袋が、私の内面を映す鏡となってくれているように思えてならなかった。

お袋の皮膚病治療でも、同じような思いを経験させられた。

湿疹は相当痒いらしい。最近はアレルギー性の湿疹も加わったが、以前は掻かないでいればすぐに治る湿疹だった。しかしお袋は四六時中、患部を掻いていた。テレビを観ながら、夜中に寝ぼけながら、私が薬を塗っている最中も掻いた。我慢しない、我慢できないのが認知症の症状でもあったのだ。しかし薬を塗っている最中に掻かれるのは、やはり頭に来た。せっかく治そうと薬を塗ってやっているのに、なぜ掻くんだ！　と睨むと、痒いから掻くんだ！　と睨み返された。それが、最近は「類天疱瘡」というアレルギー性の水疱が、顔や腹や背中にいくつもできて、その水疱が破れて皮がむけ、さすがにその痒さと皮膚のただれを思うと気の毒になり、私は、掻くのは仕方がない、と思い、薬を塗らないよりは塗る方がましなのだから、と自分のできることをしてあげようと気持ちを切り替えた。すると、背中に薬を塗っている最中にお袋が、

「ありがたいよォ、ありがたいよォ……息子にこんなことまでしてもらって、ありがたいよォ」と呟いた。

思わず、お袋の背中が涙でぼやけてしまった。……が、待てよ、もしかしたら……いやいや、素直に受け取ろう……とまだ躊躇は捨てられなかった。

私は、一度もお袋を殴ったことはない。ただ二度ばかり、三、四本の指先で、お袋の後頭部をド突いたことがある。すぐ忘れるお袋だから、すぐ忘れてくれるものと思っていた。しかしお袋は、病の初期症状のメモ魔になっていた。冷蔵庫の扉にペタペタと紙片を

貼り、食器棚のガラス戸にもペタペタ貼り、重要らしいメモの紙片は箱にため込んでいた。そしてときどきお袋は、その箱を開けては、「え？　裕ちゃん、ワタシを殴ったかね！　ワタシを殴ったかね！」とメモを見つけては驚き、そのたびに私をなじった。

私はたまらず、こっそり箱からそのメモを取り出し、千々に千切って捨ててしまった。それ以来お袋が私を責めることはなくなった。でも妹には話したかもしれない。介護士さんたちにも、もしかしたら話したかもしれない。

五

私は率直にありのままを、樋口さんに話そうと思った。話せば分からない樋口さんではないはずだった。

ＤＶ疑惑の他にも私は、もう四十年近くも会っていないが、高校時代の後輩である樋口さんの弟が、正月に帰省し、樋口さんはその弟から何か私の悪評を聞かされたのかも、とか、日頃の私の気安い態度が、もしかしたら樋口さんには横柄、と受け取られていて、その不満がいっぺんに噴出したのかも、とか、わざわざ事務所の樋口さんまで相談に行った私は、実は山根では厄介な人間として問題視されているのかも、とか、その他いろんなことを考え、気が滅入り、ここは思い切って山根にいる今井さんに電話して、それとなく様子を窺ってみようか、などと思ったが、いやいや問題を複雑にしたくはないと、自重を自分に言い聞かせたりした。

しかし、そんなことを悶々と思い煩っていた数日後の朝、まだ半覚醒状態の布団の中で私は、ある突拍子もない発想に驚き、眼が覚めた。もしかしたら樋口さんの女の部分なのでは、と思ったのだ。しかも『恋心』……。樋口さんは七、八年前にご主人を亡くされていた。

私の顔が笑っていた。悩みから解放され、救われたような思いがした。こんな穏やかな気分、久しぶりだった。しかし、半覚醒状態の中で、自分はいったいどのようなイメージや思考の展開から、そのような発想に行き着いたのか、覚醒すると同時にすっかり忘れてしまった。が一つだけ、樋口さんのある表情が私の脳裏に残っていた。それはあのサービス担当者会議の日の、アレルギーの話となったあの時、樋口さんが私に見せた表情だった。

あの日、私は先月横光医師に提出したＡ４用紙二枚を今井さんに見せ、それからお袋の服用しているアレルギーの薬が話題となった。その時、樋口さんがご自分の花粉症の話をし始めた。そして、ご自分の両眼の下まぶたを両手の指先でこすりながら、「眼が赤くなるの」と言いながら今井さんの方を見、それから私の方へと視線を移した。部下である今井さんは、上司の個人的な話題の提供に、すかさず樋口さんの眼を覗き込み、花粉症の話に食い付いた。が私の方はその時、なんとか早く白衣高血圧へと話を持っていき、自分の目論む話題へと展開したく、樋口さんの私を観る眼を鬱陶しく思いながら、いくらか無理やり白衣高血圧へと話を持っていった。

私は確かにその時、樋口さんの私を観る眼を鬱陶しく思った。早く白衣高血圧へと話題を移したい、という焦る思いの中で私は、樋口さんがその時見せた女心を、確かに鬱陶しく思った。今井さんにつられて私も、樋口さんの眼を覗くと、樋口さんがその私の覗く眼を女の眼でじっと見返してきた。あの日はまだ二月一日、花粉症の時期にはちょっと早すぎる。今井さんのように樋口さんの部下ならともかく、六十過ぎの私のさらに三つ年上の樋口さんの眼を、女の眼とするような話題に、食い付く気にはなかなかなれなかった。その時の樋口さんの眼に、私は確かに女心を見た。しかし『恋心』まではさすがに見えなかった。

　樋口さんはあの時、今井さんに嫉妬していたのかもしれない、と思った。

　私はあの時、あの日の樋口さんの態度の急変にうろたえ、樋口さんの顔をまともに見ることができず、今井さんの方ばかり見て話していた。樋口さんは、私の視線を自分の方に向けたかったのかもしれない……。そう考えると、私が用紙を今井さんに見せたあの時、「男の人にしては、珍しいわね」と樋口さんが言い放った、「女みたい」とでも言いたげなトゲのある言葉も、そして、その用紙を毎月提出しなければならない私の事情を、充分承知していながら「ちょっと細かすぎるんじゃない！」、と用紙の内容にケチを付けた言葉も、どちらも、自分ばかりではなく今井さんにもその用紙を見せた私への苛立ち、今井さんへの嫉妬ゆえの発言、と解釈できた。

　もしかしたら樋口さんは、初めから今井さんに対抗意識を持っていたのかもしれなかった。

　あの日も、またその数日前の訪問日にも、樋口さんは「言いたいことがあったら、今井に遠慮なく言ってくれていいですからね」、と私をけしかけるようなことを言った。そして、訪問日に樋口さんは、二月一日に今井さんを交えて「サービス担当者会議」をやります、と私に告げ、当日の二月一日は、約束の四時半少し前にはもう来ていて、私が車の中で寒そうにしている樋口さんを見つけて気安く手招きすると、樋口さんは怒ったように、いつもと違って無愛想だった。そして、「お茶は出さないで！」と初めて聞かされた樋口さんの命令口調、それから今井さんが到着すると、「ほらほら、来たわよ、行かなくちゃ！」と気安すぎるほどに、私を急き立てた。あの時すでに、樋口さんは今井さんとの臨戦態勢に入っていて、気が昂揚していたのかもしれなかった。

私には、この年になってもまだ、女心を熟知している、と言えるまでの自信はなかった。しかし、女心といっても当然個人差はあるに違いなく、優しく気弱で控えめな女の人であったのなら、決してあんな反応を見せるとは思えないが、樋口さんのように仕事ができ、強気な気性の女の人であったのなら、充分考えられる「恋する女心」の反応だった。

樋口さんの、私への苛立ち、今井さんへの嫉妬、屈折した女心……そんな想像を基に私は、あのあとも続いた樋口さんの私への口撃を思い返してみた。

樋口さんは、訪問日の時と同様にまた、お袋のグラウンドゴルフへの参加を私に指示した。そしてお袋に洗濯物の手伝いをさせないことに注意を与え、それから、お袋の下痢はアナタの責任、と手厳しく私を叱った……思い出しながら私は、腹が立ってきた。あれではまるで私が樋口さんに支配されているかのようだった。そして樋口さんは、そのハッタリの支配ぶりを今井さんに見せ付け、私とはそんな仲であるかのように匂わせて、今井さんを私から遠ざけようとした。

帰り際に見せた今井さんの私を気遣うようなあの視線は、あれは、二人の仲を察し、抑え付けられて何も言い返せずにいる気弱な男を、可哀そう、と気の毒がっている視線のように思えてきた。ますます私は腹が立ってきた。樋口さんは身勝手な思いで強引に、私を、今井さんを、抑え付けようとした。あまりにも自己中心的な振る舞いであり、とてもケアマネの振る舞いとは思えなかった。私情に走り、職務を甚だしくないがしろにし、親の介護というこちらの切実な立場なんて、微塵も慮っていない横暴さだった。

一年ほど前に、横浜に住む同い年の友人から、長文の手紙をもらったことがある。彼とは、私がこちらに移って来てからは、年賀状のみの付き合いとなっていた。彼は、奥さんとその義母さんとの三人暮らしで、義母さんの介護をしていた。文面は、同じような環境にいるだろう私を心配する内容でもあったが、自分の苦境を吐露し、周囲の無理解に苦悶し、私にすがるような内容の告白でもあった。うつ病に罹り、三年前に経営していた建築事務所を閉め、そして前の年の暮れに、首にサラシを巻いて縊死を図ったが、サラシが切れて気絶していた、と書かれてあった。

彼の弱気に、どんな返事を書けばいいのか迷った。が、かなりしっかりした長文を書ける余裕があるのだから、と思い、彼を鼓舞するつもりで自殺をたしなめた、が返事がなく、心配になり、さらに去年の夏、暑中見舞いの葉書を出して、こちら静岡へ遊びに来ませんか、と誘ったが、それでも返事がなく、そして今年の正月前、彼の奥さんから、彼が十一月に死亡したゆえ年始の挨拶は遠慮させていただきます、と黒く縁取られた葉書が届いた。

樋口さんはケアマネでありながら、介護する側の家族の心情をまったく理解していなかった。手紙を書いてやろうと思った。私も、若い頃うつ病になった経験がある。いろいろ考えすぎる人間は、一歩間違えば死へと逃げ込んでしまう危険性があるのだと、釘を刺してやりたくなった。そして、どんなことを書いてやろうかと、散歩しながら、夜寝る前と、いろいろ考えた。

しかしさらに数日後の朝、まだ半覚醒状態の布団の中で私は、この前の朝に思い浮かんだ『恋心』という発想はあれは、私の勘違い、という発想に驚いて眼が覚めた。

私は普段から、朝の寝起きの時の夢うつつの中や、散歩の途中などで考えたこと、思い付いたこと、意外な気付きなどを、重く受け止めていた。寝起きの時や散歩は、瞑想や座禅などと同様に、肉体の脳による自我から解放され、素直に自由になれる時空間、という認識があった。肉体の脳の自我は、どうしても感情に揺さぶられ、自分を欺瞞におとしめる。しかし寝起きの時は、異層の高次の意識の自分が自分自身を啓発し、真理さえ教えてくれるように思っていた。実際、高校生の時に、昼間いくら考えても解らなかった数学の問題を、朝の夢うつつの中で解いた経験がある。エジソンも、彼の数々の発明や発見は、半覚醒状態を利用して得たものと聞く。だから半覚醒状態から得た樋口さんの『恋心』を、私は信じた。ところが、同じ半覚醒の中での思考が今度は、この前の朝の発想はあれは、私の勘違い、と知らせてきた。

今度も、目覚めると同時に、半覚醒の中での思考経緯はすべて忘れてしまったが、ただ一つ、あれは樋口さんの女心などではなく、妹や、家捜しして行った親戚のミチ子さんや、妹の割烹料理店で働く仲居たちと同様な反応、という発想が残った。

確かにあの日の樋口さんの、私の何かに憤り、上から目線で私を見下す態度は、妹や親戚や仲居たちのそれに似ていた。根は同じものかもしれなかった。

実は、妹やミチ子さんや仲居たち、もしかしたら近所の人もそうかもしれないが、周囲の人たちの私への否定的な思いは、お袋の病が原因ゆえのものばかりではなかった。私の生き方そのものへの批判もあったのだ。

私は若い頃から、小説を書いて飯が食っていける生活をめざしていた。大学卒業後はアルバイトで食い繋ぎ、三十歳近くなってボイラー二級の免許を取得して、ビルメンテナンスの会社に潜り込んだ。そして金が貯まると会社を辞め、賢く失業保険などを利用して小説を書き、金がなくなるとまた、他の会社のビル地下階でボイラーマンとして働いた。風呂なし共同トイレの安アパートに住んではいたが、毎晩、赤提灯の縄のれんをくぐり、自由で、五年に一度も感情的になる必要はなかった。気ままな生活だった。長男だったが家に帰るつもりはなかった。堅実な五歳年下の弟が、家を継いでくれることを期待していた。

私は、めったに帰郷することはなく、家の様子を窺う電話一本、掛けたこともない。家族とはなるべく距離を置き、己の身勝手な欲望のエネルギーを頼りに、うらぶれた生活に甘んじ、小説を書くには経験が大事と、都会に骨をうずめる覚悟でいた。弟もそんな兄貴の、堅気とはいえない生き方に否定的であるに違いなかった。

千葉の大学に進学した弟だったが、卒業後は実家に戻ってくれるものとばかり思っていた。しかし弟は卒業後、東京の大手の会社に就職し、横浜に居を構えた。一度横浜の親戚の家で顔を合わせた時、弟と実家の今後について話をしたことがあった。弟は「兄貴が家に帰るべきだろう！」と怒った。私はその時、いずれ「時」が来ればどちらかが家に帰ることになるだろうと、その「時」の到来したときに悩めばいい、と問題を先延ばしにした。が、その「時」は意外に早くやって来た。弟が四十一歳で、くも膜下出血で亡くなったのだ。そしてその三ヶ月後に私は実家に帰っていた。義務感から、とはいえなかった。ちょうどその頃生活に疲れを覚えていて、満足のいく作品も書けず、友人たちに相談すると「小説は田舎へ行っても書ける」「罪悪感を覚えながら親のスネをかじれば良い作品が生まれるかも」などと助言され、田舎へ帰る決心をした。帰ると、しかし、妹夫婦が親父お袋の二人きりの生活を心配してくれてなのか、あるいは客商売の繁雑からの安息を求めてなのか、ときどき泊まりに来てくれていて、甥っ子たちの下着などもタンスの中にあった。自分が家に帰ってくる必要などなかったのかも、と思った。

しかし田舎は思いのほか居心地がよく、そのままずるずると、ときどきアルバイトをして小銭を稼いではいたが、定職には就かず、好きな小説を書き、好きな本を読み、東京での生活と同じような気ままな生活を続けていた。すると七年後、親父が、呑んだ帰りに家近くの路地脇の溝に落ちて死んでしまった。それから身辺が慌ただしくなった。妹に電話で「散歩するヒマがあったら金を稼げ！」と言われ、自費で短編集を出版して作家気取りでいると「もう小説なんか書くのはやめて、普通の仕事に就け」とも言われ、「家を出て け」とも言われた。もっともな言い分、と思った。東京でのうらぶれた独り暮らしが恋しくなった。

私は東京へ帰る決心をした。まだ五十半ばだった。まだまだ体力には自信があり、就職して年金支給額を増やせば老後も安心、と思った。そして東京の友人たちに、また帰るからよろしく、と連絡し、田舎の友人たちにも別れの挨拶を済ませ、その頃はまだ見掛けは充分まともだったお袋が、いま出て行ったらもう二度と戻って来られないよ、と真面目な顔して私を引き止めてくれたが、妹を電話で呼び出して、決心を告げることにした。が妹は、何を勘違いしたのか、借金の催促と思い、金を用意していた。私は「いままでオレは、人に借金などをしたことはなく、人様に金で迷惑を掛けたことは一度もない、金の掛かる贅沢な生活に憧れてもいないし、だいいちオレは金を使わないだろう」、とそう妹に言い「オレは東京へ帰ろうと思う」、と切り出すと、意外にも妹は「出て行かれては困る」、と困惑した。わけが解らなかった。仕方なく東京行きはあきらめ、田舎にとどまることになった。

そして静岡県庁の警備員の職を見つけ、車と電車を乗り継ぐ通勤生活を始めた。車で家を出、隣駅近くにある妹の店の駐車場に車を置かせてもらった。店の中から仲居たちが、暖簾越しにこちらの様子を窺い、睨んでいた。その頃から仲居たちの私への風当たりが強くなった。客として同級会に店を利用しても、幹事の私を無視し、露骨に蔑んだ眼で私を見ていた。正月の年始の挨拶に妹の店に寄った時も、偶然一緒になった中居たちから、「ほらほら妹さんや旦那さんに挨拶しなくちゃ」と急かされ小バカにされた。ちょうどあのサービス担当者会議の日、樋口さんに、外にお袋と今井さんの乗る車が到着して、「ほらほら、来たわよ、行かなくちゃ」と急かされた時のように……。

警備員はしかし、二年ほどで辞めた。辞めたのは体調不良からだった。寝ずの夜間勤務がこたえたのか、気管支炎に罹り、そして寝る前と夜中と朝起きる時と、原因不明の呼吸困難に陥って何度も何度も失神するようになったのだ。呼吸器科、耳鼻咽喉科、神経科などを受診したが、それらの医師全員が、気管支炎で失神はあり得ない、と首をかしげ、そして最後に妹の友人の看護師から紹介された医師に、環境を変えることですね、と納得の対処法を授けられ、警備員を辞めることにした。あとから思えば、いつも寝不足の時差ボケ状態で、わけの分からぬお袋の病の奇行に翻弄されて過剰なストレスに晒されたりすれば、誰しも精神を正常に保つことは難しく、失神して現実逃避を図るのは自我の必死な自己防衛かもしれなかった。

しかし警備員という環境は変えることができたが、病の進行中のお袋との同居、という環境からは逃れられなかった。これは自分に課せられた人生の試練、と思った。「失神」はとても偶然とは思えなかった。弟の死も偶然であるはずがなかった。何か意味があるに違いないと思った。お袋の介護が私の仕事であり、お袋の年金から給料をもらっている、というつもりで生活するようにした。しかし妹は、相変わらず疑心暗鬼に私を窺っていた。「墓参りに行ってきた」と一、二ヶ月に一度は家に立ち寄り、長居はせずに数分間、お袋と私の様子を窺うようにして、すぐに帰って行った。どこか監視され、管理されているかのようだった。甥っ子たちも家に寄り付かなくなった。親戚とも疎遠になってきた。

六

樋口さんの「女心」なのか、あるいはＤＶ疑惑や、私の日々の行状などへの「否定」なのか、私の解釈は揺れ動いた。定まらなかった。花粉症の眼を思い出せば、今井さんへの嫉妬や対抗意識、私に苛立つ強気な「女心」、という解釈に真実味を覚え、樋口さんの抑えようとしても抑えられない女の、激しい昂揚の息遣いが伝わってくる。けれどもその激しい昂揚を、私への「否定」が根にあるがゆえと解釈すれば、抑えきれずに噴出した私への憤り、樋口さんの真摯な気構え、プロのケアマネぶりが彷彿としてくるのだった。「女心」も私への「否定」も、どちらも朝の夢うつつの中で私に教示していた。どちらも信憑性があるように私には思えた。しかしその両方ともが真実、ということはあり得なかった。どちらかが真実であれば、どちらかは真実でないはずだった。……しかし、どちらも真実、ということがあり得るのだろうか？……それとも、私の気付いていない、まだ他の樋口さんがいるとでもいうのだろうか？……。

もし強気な「女心」であれば、樋口さんはケアマネの仕事をないがしろにしていた。手紙を書いて、私がどんなに思い悩んだかを知らしめて、ケアマネとしての不注意、軽率さをたしなめてやりたかった。そしてもし「女心」ではなく、樋口さんの中に私に対する否定的な何かがあるのならば、ちゃんと話し合えばよかった。率直に話し合えば、分かり合えないはずはなかった。もし、私の気付いていない自分、自己欺瞞に陥ってしまっている自分がいて、樋口さんにはそんな私が見えていて、そして率直に指摘していただけるのなら、私は素直に、心を開いて受け入れる覚悟はあった。それは歓迎すべきことですらあった。

いずれにしてもまず、手紙を書こうと思った。すぐにでも事務所宛に書き送りたかった。

しかし事務所宛では、仕事上のクレーム扱いとなる可能性があり、書き方によっては樋口さんの立場を危うくし、問題を複雑にしてしまう恐れがあった。急ぐことはなかった。次の訪問日に、個人的に手渡すのが一番のように思えた。

しかし次の訪問日までが長かった。いろいろ考えさせられた。いくら個人的に手紙を手渡せば、といえども下手なことは書けなかった。慎重を要した。ケアマネとの関係悪化は避けたかった。そうして訪問日が近付いてくると、胃がキリキリと痛んできた。とりあえず手紙は書いた。手渡すかどうかは、その場の樋口さんの様子、その時の自分の判断にゆだねようと思った。樋口さんがまた攻撃的に出てくるのか、それとも以前のように穏やかに冷静か、そしてその時自分は、樋口さんの「女心」を確信するのか、あるいは樋口さんの私への「否定」を読み取るのか、あるいはそのどちらでもない樋口さんを発見するのか、もしかしたら樋口さんは、あの日のご自分を後悔し、謝罪してくれ、率直な話し合いとなるかもしれなかった。予想が付かなかった。

そうして、その日がやってきた。

午前中だった。玄関のチャイムを鳴らし、ガラス戸の向こうに見える樋口さんは、はにかみ恥じらって、私と視線を合わせにくそうだった。やはり「女心」だったのか？　と思った。いつものように、樋口さんは玄関の上がり框に腰掛け、私とお袋はフローリング床に腰を下ろして話し合った。ガラス戸の向こうで一瞬見せた樋口さんの恥じらいは、その後は見事に抑え付けられ、以前の冷静で穏やかな樋口さんに戻っていた。しかし私の方は、いつもの気安く饒舌な自分にはなれなかった。視界の隅の方で、お袋と話す樋口さんの横顔を窺いながら、「女心」だとしたら強い意志力だな、と感心していた。あの日見せた動揺は、裏を返せば自分の女をあらわにしてしまい、半ば私への告白となり、その恥じらいを樋口さんは強い意志力で抑え付けて、今まで通りのケアマネぶりを発揮していた。言い換えれば、ケアマネを演ずることへの集中力の強さを見せていた。しかし、あの日の上から目線が「女心」の動揺なんかからではなく、抑えていた私への「否定」を思わずあらわにしてしまった興奮であったのなら、今日の樋口さんは、その私への否定的な思いを抑え付け、ケアマネとしての気構えの修正をして臨んで来た、ということになる。いずれにしても強い意志力だった。

樋口さんの「何か変わったことはありませんか？」の問い掛けに、私は、樋口さんの様子を窺いながら、頭の半分でその心の奥を探り、あとの半分で、いつもなら進んで報告するはずの、お袋の昨日の朝の三度目の便失禁のことを話しだした。樋口さんは愛想笑いを見せている。

昨日の朝、いつものように血圧計を手に持ち階下へと下り、お袋の部屋の襖を開けると、お袋がいない。ついに徘徊が始まったか、と焦って玄関へと急ぎ、玄関のカギを確かめていると、灯りの消えていたトイレのドアが開き、お袋がいつもとは様子がおかしく廊下を自分の部屋へと戻って行く。そして血圧を測り終えると、お袋はまた小走りに廊下をトイレへと急いだ。廊下に黒いものが落ちていた。ティッシュで拭って臭いを嗅ぐと、やはり便だった。紙オムツに履き替えてもらったが、その紙オムツを何枚も汚した。その日はデイサービスの日であり、また私には、歯医者の予約があった。事がどのように展開するのか予想できず、惑い、妹に電話して、忙しそうだったが無理を言って来てもらった。そして私がトイレの始末や朝の家事や雑事を済ませる間、妹にはお袋を見てもらい、無事お袋を迎えのバスに乗せることができた。「ＯＫ！　ありがとう」と妹に言うと、「いつでも電話して」と言ってくれた。

お袋の便失禁の原因はカビの生えた茶葉のせいではなかった。二度目の便失禁のあと私は、急須や茶葉は戸棚の奥にしまい込んで、お袋には使わせなかった。

そのことを樋口さんに話すと、樋口さんはあやふやな笑顔で視線を逸らし、話題を避けた。あの日の攻撃性は微塵もなく、穏やかな自信に満ち、以前の樋口さんに戻っていた。あの日のことには触れたくないかのようだった。私は、手紙をどうしようか迷っていた。「女心」か「否定」か？……「女心」かも、という思いの方が強かったが、確信はなかった。せっかく手紙を書いたのだから、という思いもあった。もしかしたら私は、ただ単に樋口さんを傷付けたくて、その決行をためらっていたにすぎなかったのかもしれない。そうして、いつもの訪問日のように三十分ほど話し合った後、樋口さんが框から腰を浮かし、帰ろうとした時、私は、手紙を樋口さんに手渡していた。樋口さんは、なんだろう？という顔をし、「あっ、報告ね」と笑顔になり、最近のお袋の行状報告と受け取ったようだった。

賽は投げてしまった。あとは受け身で、反応を待ち構えていればいいのだった。肩の荷を下ろし、その荷を樋口さんに背負わせて、私は楽になった。しかし、あまりいい気分ではなかった。

その日の午後二時半頃、樋口さんから電話が掛かってきた。

「びっくりしましたァ、ほんとうにびっくりしましたァ、お母さんのことで何かお知らせがあるのかなァ、ぐらいにしか思ってなかったものですから。いま、読んだばかりで、そうしたらもうびっくりしちゃって……これは一度、直接お会いして、お話しした方がいいかと思います……いかがですか？　えーと、じゃ明日のこの時間に、お宅に伺いたいと思いますが……」

電話は、事務所からの様子であり、周囲の人の耳を意識した話しぶりだった。

明日はお袋のデイサービスの日であり、家に私と樋口さんの二人きりとなる。二月一日に似ていた。居間に通すべきかどうか迷った。込み入った話となりそうなので、居間に通すべきとは思うが、まずはいつもの訪問日のように玄関で話を聞こう、と思った。お茶は出すつもりはなかった。

翌日、午後二時半少し過ぎ、玄関のチャイムが鳴った。ガラス戸の向こうの樋口さんの顔は、恥じらう女の顔ではもちろんなく、不服そうに、……しかしあの日のように威圧的な怒った表情とは違っていた。

「どうぞ」と声を掛けると、不服そうな表情のまま樋口さんは、ガラガラと玄関を開け、閉め、靴を脱ぐと勝手に玄関を上がって居間へと入って行った。そしてテーブルの前に座り、あとから私が反対側に腰を下ろすと、バッグから手紙を出し、テーブルに広げ、「ワタシこんなこと、初めてです。長年この仕事をしてきましたが、こんなこと初めてです」と興奮していた。

樋口様

先日の二月一日のサービス担当者会議では、驚かされました。樋口さんの、いつもと違う態度に大変驚かされました。

○まず、「お茶は出さないで」と指示されたこと。

○表に今井さんとお袋が到着した様子に「ほらほら、来たわよ、行かなくちゃ」と急き立てられたこと。

○私の、事細かに書き込まれた書類のパッケージに、「男の人にしては珍しいわね」

と言われたこと。
○横光クリニックに提出する毎朝測る血圧表に「ちょっと細かすぎるんじゃない？」と言われたこと。
○お袋の下痢の原因は腐った茶葉のせいかも、という小生の発言に、「それはアナタの責任だ」と言われたこと。
○お袋のグラウンドゴルフへの参加への注意。
○お袋に洗濯物の片付けをさせないことへの注意。
○その他、いつも冷静に、介護する相手の立場に立っての気遣う態度とは、うらはらな攻撃的な姿勢。
あの場では、冗談めかして強がってはいましたが、内心どうしたんだろう、とかなりうろたえていました。

風呂に入ろうとしないお袋への小生の怒鳴り声が近所に聴こえ、近所の人からの通報があり、DVを疑われているのかも、とか、お袋が山根で介護士さんたちに、息子に殴られた、とでも言っているのだろうか、とか、それで今井さんと樋口さんは、今日はその辺を探りに来たのかも、とか、あるいは日頃の小生の横柄な態度への不満が樋口さんの中でいっぺんに噴出したのかも、とか、山根の方で小生のことが厄介な人間として問題視されているのかも、とか、その他、いろんなことを考え、想像し、わけが分からなくなり、気が滅入って、翌日の晩は友人を誘って街へ呑みに出掛け、毎晩の酒量もかなり増えてしまいました。

介護する人間は、必要以上に疑心暗鬼となり、デリケートになるものなのです。みやけクリニックの看護師や、横光クリニックの看護師らの視線や言動の一つひとつが気になり、周りのすべての人が敵のような思いに襲われたりするのです。その上さらに、頼りにしていた山根の介護士やケアマネまでが敵側に回られたのでは、こちらはこれからこの先、誰を信頼し、誰を頼りにしていけばいいのか……八方ふさがりの、ほんとうに絶望的な気持ちに襲われました。

そんな折、東京からの遠距離電話の友人に話し、メールの交換をしたりして、だいぶ気持ちも落ち着きはしたのですが、しかし今度は、樋口さんの訪問を受ける日が近付いてくるに従い、樋口さんがどんな言動に出てくるのか、関係悪化は避けるべく、こちらはどんな対応をすればいいのか、率直にわけを聞くべきか、笑顔で受け流すべきなのか、それとも時と場合によっては、こちらも不愉快な顔を見せて、自分の正当性を主張すべきなのか……などといろいろ考え、また胃がキリキリと痛み始め、十年前に十二指腸潰瘍を患った時と同様な胃の萎縮感を、いま覚えています。厄介な人間で本当に申し訳ありません。でも、ご理解ください。

どのようなわけがおありなのでしょうか？　率直にお話しください。よろしくお願い致します。

お袋をあの世へと送るまでは、息子としての自分の使命を全うしたいと思っています。

これからますます大変になります。よろしく、ケアマネとしてのご支援ご協力のほど、お願い致します。

真淵裕介拝

「ワタシ、『お茶は出さないでください』て言った覚えはありますが、指示なんかしてません。『ほらほら、行かなくちゃァ』て急き立てられた、てありますが、勘違いです。考えすぎです。それから書類のパッケージや血圧表のことなんですけど、これは私も覚えています。でもそんな受け取り方をされているとは思いませんでした。そんなつもりで言ったのではありません。誤解です。そしてこの、茶葉は『それはアナタの責任だ』、てワタシが言った、てありますが、ワタシそんなこと言ってません。そんなことワタシが言うはずがありません」

樋口さんがこんな態度に出てくるとは思わなかった。もっと率直な話し合いとなると思っていた。

「すみません、上にコピーがあるんで、ちょっと取りに行ってきていいですか？」

と言って私は、二階へ手紙のコピーを取りに行った。そして部屋でコピーを捜しながら私は、これでは昨日の私は、異常な妄想の世界にいたことになってしまう……オレの妄想か？……いやいや……これはもしかしたら「女心」の可能性が高い、ということなのかも……と思った。手紙で私は、率直に、ＤＶ疑惑と自身の疑心暗鬼を吐露した。もし樋口さんの「女心」でなく、私への「否定」であったのなら、樋口さんも職務にのっとり、「嫌な思いをさせてごめんなさい」とかなんとか、まず謝罪の言葉などを述べてから、率直にその「否定」の話題へと乗ってくるはずだった。

そして二階から戻ってくると、二人それぞれがテーブルに手紙を広げて話を続けることになり、

「この、ワタシの『攻撃的な姿勢』でありますが、これはワタシのどんなところをおっしゃっているんですか?」と樋口さんが攻撃的に言う。

「……申し訳ありませんでした」と私は頭を下げ、「これは、ちょっと表現がきつすぎましたねェ……」。

「………」

言った言わない、の言い合いは、不毛に思われた。とはいえこちらも、「もしかしたら樋口さんが、私のことを好きなのでは、と私、思っているんです」などと、率直なことは言えなかった。

樋口さんは相変わらず強気だった。そして私はその強気に少々気圧されていた。

「おっしゃる通り、私の誤解なのだと思います……たぶん樋口さんの『親しさ』ゆえの表現が、私には馴染みがなかったためなんじゃないかなと、そう思っているんです」

「?………」

「樋口さんの言葉を、そのままモロ、まともに受け止めてしまってね、私がね、それでびっくりしちゃったんです。親しく思ってくれているがゆえに、とは解釈できなくてね……たぶん、東京とこちら田舎との、人との馴染み方、関わり方の、微妙な違いのせいいなのでは、とそう思っているんです……」

私は、樋口さんの「女心」を、樋口さんの私への「親しさ」ゆえ、とすり替えた。「親しさ」ゆえに樋口さんは、「お茶は出さないで」「ほらほら、来たわよ、行かなくちゃ」と命令口調になり、「親しさ」ゆえに私に、仕事の関係を離れてズケズケとものが言うことができ、そして私は、そこが理解できずに思い悩んでしまった、というふうに……。

実際こちらへ戻って来て私は、田舎の人の、すぐにこちらの懐に入り込もうとする無遠慮な姿勢に、何度か戸惑いを覚えた経験がある。スーパーのレジの女の人、医院や役所の受付の女の人、スナックのママなどなど、最初は距離を置いていた対応が、急に、甘えるように信頼しきった無防備な笑顔となり、あるいは急に田舎言葉となって親しげに、昔から馴染んでいたかのような乱暴な口調となったり、そして時には、過剰なほどに意地の悪いことを仕掛けてきたり、わけも分からず怒りだしたりするようなこともあった。相手と距離を置こうとする東京弁は、田舎の人には堅苦しかった。その堅苦しさを嫌う心情が田舎の人にはあった。しかし、無遠慮なまでにこちらの懐に入ろうとする気持ちの中には、早くこちらと馴染みたいという田舎の人の「優しさ」も、確かにあったのだ。

私は饒舌になっていた。私は、レジや受付やスナックでの話を、笑い飛ばしながら、樋口さんの「女心」をうやむやにしたかった。サービス担当者会議での樋口さんも、眼の前の私の手紙も、みんななかったことにして、すべてを笑い飛ばしてわだかまりを捨てて、新しい穏やかな関係へと持っていければ……などと思ったりしていた。しかし……、

「要するに、土足で踏み込んでしまった、ということかァ」

と相変わらず不機嫌に樋口さんは言う。そして視線をまた手紙へと落とすと、眉をひそめながら、私の書いたDVや疑心暗鬼に駆られた文章を小声で読み始め、何度も首をかしげて、何かを疑っているかようだった。

樋口さんが何を考えているのか、さっぱり解らなかった。私が疑心暗鬼に駆られたのは、ウソだともいうのだろうか？……にわかに腹が立ってきた。この部分の文章こそ私は、樋口さんに理解してほしかった。介護する人間は、周囲の人のちょっとした言葉で傷付き、考えすぎ、疑心暗鬼に陥るものだった。そしてケアマネはこちらの味方のはずだった。そのケアマネが、個人的な思いから、こちらを傷付けるような言葉を放ったのは、こちらへの配慮のなさ、無理解以外の何ものでもなかった。

私は、自殺した横浜の友人のことを話し出していた。

彼も介護する側の人だった。彼は手紙で「周囲の無理解」に執拗にこだわっていた。彼

も考えすぎる人間だった。とにかく私は、自分が疑心暗鬼に陥った事実だけは、樋口さんに理解してほしかった。

するとテーブルの向こうの樋口さんが、困惑の表情を見せ、ソワソワし出し、崩していた脚をたたんで正座した。

そしてその様子を窺いながら私は、さらに、

「……でもね、彼の自殺を擁護するつもりはないんです。自殺なんて愚かな行為ですよ。世界中のあらゆる宗教が自殺を戒めています。それにはきっと、それなりの理由があると思うんです。死んで問題が解決するとは思えません。肉体は滅んでも、魂は永遠に生き続けるものと、私はそう思っています。だから自分の肉体を殺しても、なんの問題の解決にもなりません。愚かなことですよ、自殺なんて。仏教でいう無明っていうやつです。死者に鞭打つようで、なんなんですけど、でも彼も今ごろ、後悔しているんじゃないのかなァ……」

樋口さんは神妙にかしこまって俯いていた。私は樋口さんにも鞭を打ちたくなった。そして次の一言で、二月一日のサービス担当者会議での樋口さんのことをほのめかし、たしなめてやった。

「人を妬んだり、恨んだり、怒ったりして、感情的になるのも愚かなことですよ」

樋口さんが敏感に反応し、私の眼を見、それからその眼をあやふやに逸らし、

「ケアマネ、交代します、誰かと交代してもらいます」と眉間にシワを寄せて俯いた。

「いやいやいや、そんなこと言ってません。樋口さんのせいじゃァないんですから、私のせいなんですからァ、私がこちらの常識に馴染んでなかったせいなんですからァ」

私は不意を突かれ、とっさにそう返事していた。樋口さんが顔を上げ、私を凝視し、何かを探るような眼をした。そして私はまた、馴染んできた東京での人との関わり方と、田舎との微妙な違いを、場を取り繕うように語り、「たぶん代わってもらっても同じことになると思います。私がこちらの常識に馴染まない限り同じことになると思います」などと言っていた。すぐに交代を受け入れることに躊躇があった。ハイそうですか、では交代してください、とは言えなかった。

しかしこの曖昧な私の態度は、あとから気付いたのだが、樋口さんの女の思いを私が受け入れる反応と、そう受け止められてしまった可能性があった。

「なァんだァ、そのまま言っていてよかったんだァ」と樋口さんが、安堵したように正座の脚を崩した。

「?………」

何を「そのまま言っていてよかったんだァ」なのか、私には分からなかった。

「呑みに誘ってほしい」と樋口さんが言った。そして俯きながら「もっと親しくなった方が……」とも言った。

「?………」

女をさらけ出した?……口説かれてるのか?……これは困った、と私は思った。

そして樋口さんは、また文面へと眼を落とすと、

「東京の友人に相談した、てありますけど、その方はなんておっしゃったんです?」

と上目遣いに、訝しげに私を見つめた。

受話器の向こうの、その東京の友人からの第一声は、「それは彼女に失礼だろう!」だった。その時の私は、朝の夢うつつの中で樋口さんの「女心」の発想を得たばかりで、DVなどの疑心暗鬼の苦悶から解放されて、十二指腸も快調だった。浮かれていた。友人はそんな私をたしなめたのだ。「抱いてやれ!」とも彼は言った。私が「詳しい事情も知らんで、そんないい加減なこと言わんでくれ」と反発すると、「詳しい事情なんか聞かんでも、オレには分かる、長い付き合いだ、裕介のことならオレの方がお前よりよっぽどよ

く知っている。お前は無駄に考えすぎる。頭で考えないで、身体で素直に反応すればいいんだよ。真実なんて、頭で考えたって分かるはずはないんだ。というか真実なんていうもんは、作るもんなんだよ。素直に反応して、行動して、作り上げていくもんなんだよ。彼女、好意を持ってくれてるんだろう？　ありがたいことじゃないかァ。抱いてあげなさいよォ。感謝して、抱かせていただきなさい。その後のことは、その後のこと。まずは素直に反応し、行動し、真実を作り上げていく……考えてるヒマなんてないんだよ。お前は、頭で考えてばかりいるから、だから、いつまでたっても真実を捉えられないでいるんだ。お前にはそういう欠点がある」とわけの分からぬ説教をされ、そして「抱くのが嫌だったら、抱かれろ！」と怒鳴られた。

まさか樋口さんに、この友人の言葉をそのまま伝えるわけにはいかなかった。私は戸惑い、返事に窮して黙り込み、自分の文章を確認しているかのように、手紙へと眼を落としていた。樋口さんは、そんな私の戸惑いを、自分の都合のいいように解釈したかもしれない。

樋口さんは手紙のその次の文章に眼を移していた。友人に相談し、だいぶ私の気持ちが落ち着きはしたが、しかし今度は、樋口さんの訪問日が近付くに従い、どう対応してよいのか迷った、という箇所である。

「胃がキリキリ痛んだ、てありますが?……」

樋口さんは相変わらず、不思議そうな、疑うような表情をしている。

あとから思い返せば、この時の樋口さんと私の思惑には、かなりの隔たりがあったように思う。

私の方は、樋口さんの「女心」をうやむやにし、サービス担当者会議での彼女の暴言も、私の手紙もなかったことにして、新たなる穏やかな関係を築いていければ、などと事を荒立てず控えめに、樋口さんにも控えめな妥協の姿勢を期待した。がしかし樋口さんは、なぜか、介護する私の疑心暗鬼に駆られた絶望感を、疑い、信じようとせず、そしていったんは私の友人の自殺話に「ケアマネ、交代します」と反省の色を見せたものの、何をどう勘違いしたのか、私を口説いてきた。私はうろたえた。こそばゆい気持ちも、湧かないではなかったが、しかしこちらとしては鬱陶しい気持ちの方がはるかに強かった。

樋口さんの方は、もしかしたら初めから、手紙を受け取る以前から、私の中に樋口さんを受け入れる気持ちがあるものと、そう思い込んでいたのかもしれなかった。私が樋口さんに気があるとさえ思っていたかもしれない。あるいは、強気で攻めればなんとかなる、という心理も働いていたのかもしれない。疑心暗鬼はウソ、絶望感もウソ、と樋口さんは、私がそんなヤワな神経の持ち主とは思えず、またそう思いたくもなく、以前に山根デイサービスとの連絡帳の件で、私が疑心暗鬼に駆られたからと事務所を訪ねて行った時と同様、私がただ樋口さんと二人だけの相談の機会を持ちたかっただけなのでは、とそう思っていたのかもしれなかった。東京の友人への相談も、私の恋の悩みの相談と解したかもしれず、私の胃痛も、樋口さんへの私の恋煩いゆえ、とそう解そうとしたのかもしれなかった。

もしかしたら樋口さんの強気の性格は、自分の都合の悪い現実を自分の都合の良い現実に容易《たやす》くすり替え、信じ込めるほどの、それほど強力なものなのかもしれなかった。しかしこの時の私には、そんな恐ろしい発想など微塵もなく、相変わらず樋口さんには控えめな妥協を期待し、呑む誘いにも、無言の困惑の表情で拒否をほのめかした。そのつもりだった。そして、胃痛の話題を利用して私は、率直に明確に拒否を示した……そのつもりだった。

「胃痛、ていうのは、精神的なものですからね。ストレスですよ。我慢しなければ、胃痛は治ります。スナックのママに意地の悪いことを言われ、客扱いされなかったのなら、その店には行かなきゃいいんです。実際もう、そんな店にはもう行ってませんけどね。なにも金を払ってまで、嫌な思いを味わいに行く必要なんてありませんよ。ストレスは身体によくありません。会わなきゃいいんです」

「ワタシ、やはりケアマネ交代します！」

「！………」

「ワタシが来ると胃が痛くなるんでしょ？　そんな思いにさせるつもり、ワタシありませんから！」

「……いやいやいや、そんなことは言ってません！」と、そんなことを言っているにもかかわらず、「交代してもらっても同じだと思います。私がこちらの常識に馴染んでない限り、同じことになると思います」、などと私はまた、馴染んできた東京での人との関わり方と田舎との微妙な違いを語って、必死に場を取り繕っていた。これでは樋口さんが勘違いするのも無理はなかった。

テーブルの向こうの樋口さんは、疲れたような、しかし穏やかな表情になっていた。

私も、ようやく妙な気配を感じつつあった。

樋口さんはなかなか帰ろうとしなかった。話題もなくなり、こちらが無理に作った話題にひと区切りが付いても、樋口さんは、席を立つ気配を見せず、逆に、いくぶん前屈みになって脚をさらに座布団に崩すと、腰を次第に畳に沈めていった。視線を私から避け、頬が紅潮しているかのように見える。妙な空気だった。外は薄暗くなりつつあった。しかし、もう三、四十分もすれば、お袋が帰ってくる。お袋が帰ってくるのを待つつもりなのだな、とは思った。居心地の悪い焦りを覚え、私は、場を取り繕いながら饒舌に話題を提供し続けていった。妹のこと、家のこと、墓のこと、お袋を無事あちらの世界へと見送った後は、家や墓は妹に任せ、煩わしい田舎から逃れ、また東京に戻って、今度はずっと郊外に住み、空気のいい山や川辺を歩きながら、うらぶれた気楽な独り暮らしを送りたい、などと語った。樋口さんは、「私に何でも言ってください」「私に何でも言ってください」と何度も何度も繰り返していた。

ようやく、外に送迎バスのエンジン音が聴こえてきた。

私はすぐに腰を浮かしたが、樋口さんは玄関のチャイムが鳴るまで席を立とうとしなかった。居間は明るかったが、玄関はもう薄暗く、灯りのスイッチを入れると、玄関のガラス戸の向こうに今井さんとお袋の顔が映っていた。今井さんが送迎バスに添乗してくるのは珍しいことだった。この一年半で、これで二度目か三度目だった。今井さんは、ガラガラと玄関の戸を開けながら、その時、私の背後に現れた樋口さんの姿を見、私の顔を見、訝しげな表情をした。お袋も同じような表情でわれわれを見た。

樋口さんは玄関框に腰を下ろし、靴を履くと、「じゃ」と穏やかに、来た時とはまったく違う明るい表情で私に会釈した。そして今井さんが、

「じゃ、ひさ江さん、またね！」とお袋に声を掛けた。

がお袋は、じっと私を見つめたままだった。

そして樋口さんと今井さんは、ガラガラと戸を閉めて玄関を出、ガラスの向こうでまた会釈し、薄暗くなった外へと消えていった。

がお袋は、訝しげに私の顔を見つめたままだった。そしてその訝しげな表情の意味は、思いもよらないものだった。

「裕ちゃんだよねェ？……」

了

わたしと、自分の自我と「自己」

一

ある冬の日のことだった。

夜中、一度目に階下へ下りた時は何事もなかった。襖を開けてお袋の部屋を覗くと、つけっぱなしのテレビ画面が点滅し、その薄明かりの中で布団が盛り上がっていた。

しかし二度目に階下へ下りた時、廊下の突き当たりのドアが開いていた。急いで廊下を行くと、やはりお袋の部屋の襖も開いていて、お袋が布団の上でうずくまっていた。最近よくあることだった。トイレに起きたあと、廊下のドアを開けっ放し、自分の部屋の襖も開けっ放しのまま、寒いのに布団も掛けずに毛布一枚に包まっていたりする。エアコンを入れたままの意味がなかった。今日は、毛布も被っていなかった。布団の上に前屈みとなり、「痛い、痛い」と両手を抱えて震えていた。すぐに湯たんぽを作ってやろうと思い、台所へ行き、流しを覗くと、洗面器にお湯を満たしたあとがあった。自分で手を温めようと、蛇口からお湯を出したらしい。たぶん洗面器のお湯に手を浸け、手が温まるまでじっとそのままの姿勢でいる我慢ができなかったのでは、とそう思った。いつものことだった。洗面器のお湯は冷め切っていた。最初に部屋を覗いた時から二、三時間は経っていた。急いで熱湯で湯たんぽを作り、低温やけどをしないようタオルを巻き、それをまた布袋に入れ、布団の中で震えるお袋の両腕に抱えさせ、毛布を掛け、布団を掛けた。

冬になるとお袋は、手足の先がチアノーゼになる持病があった。しかし両手を人肌のお湯に浸したり、人が両手でその冷たい両手を包んで温めたりするだけで、数分で、みるみる血行がよくなり、腕から指先へと徐々に紫色からピンク色に変わっていく。医者から、長時間チアノーゼを放っておくと、手足の指が壊死してしまう恐れがあるから気を付けるように、と注意されていた。だから冬は、夜中に何度か部屋を覗く必要があったのだ。

つけっぱなしのテレビでは、芸能人が通販の商品を大げさに褒めていた。わたしはリモコンでボリュームを下げ、襖を閉め、台所の冷蔵庫から缶ビールを二つ取ると、ひと仕事終えた思いで二階の自室へと戻っていった。

しかしさらに二、三時間後、尿意を覚えてベッドを出、階下のトイレのドアを開けると、便が便座にべったりと乗っていた。そして床のピンクのマットには便が踏み潰された跡があった。いっぺんに目が醒めてしまった。こんな派手な粗そうは初めてだった。脳裏に、便まみれのままのお袋が布団の中で寝ている様子が浮かんだ。しかし廊下に便の足跡はなかった。廊下の突き当たりのドアがやはり開いていて、お袋の部屋の襖も開いていた。が、お袋は、ありがたいことに、今、掛け布団と毛布をめくり、まさに床に入ろうとするところだった。「まてまてまて」と、慌ててお袋を抱え込んだ。パジャマのズボンにわずかに便の付着があり、そしてそのズボンを脱がすと、その内側に穿いたズボン下の股下に、便がたまっているような膨らみがあった。ためらわず触ってみると、掌がひやりと濡れ、重く手応えがあった。他には、靴下の片方のかかとに、わずかに便の染み。これなら、トイレ以外はほとんど汚れていないな、と思った。脱がしたパジャマのズボンと靴下を手に持ち、お袋の腕と背中を抱えて廊下へと出、頭をフル回転させて段取りを考えた。

トイレまで連れて行き、まず便が踏まれたピンクのマットを畳んで脇へと置き、ズボン下を脱がし、紙オムツを脱がした。オムツの底に、こってりと便がたまり、その便を便器の中へと振り落とした。振り落としながら、次に何をすればいいか考えた。オムツもとりあえず便器の脇に置き、またお袋の腕と背中を抱えて廊下へと出、風呂場の戸を開けた。そして風呂場のタイルの上に、パジャマの上着のみのお袋を立たせ、背後から、パジャマの裾をめくり上げながら、お湯のシャワーで臀部と股間の便を洗い流した。前の方は見なかった。前はまだ一度も見たことはない。臀部をきれいに流し終えると、少し落ち着いた。

今日はデイサービスに行く日だった。週に三日お世話になり、風呂にも入れてもらっている。介護のプロに預けてしまえば、あとは楽になれた。救われるような思いがした。迎えのバスが来るまではまだ一時間以上ある。いつも楽しみにしている朝のテレビ番組を観なければ、なんとか間に合うと思った。わたしは、下半身が裸のままのお袋を風呂場に残し、二階へ上がり、着替えのズボン下と靴下と紙オムツを持って下り、脱衣場でお袋に自分でオムツを穿いてもらった。お袋は立ったままの姿勢で、片足立ちとなり、わたしはその背後から腕と背中を抱えて、そのふらつく身体を支えた。これがいつものオムツ交換の仕方だった。ときどきお袋は抵抗することがあった。お袋にも羞恥心があった。わたしにもあった。しかし今日はわたしにすべてをゆだね、「ありがたいよォ」とお袋が、風邪気味のかすれ声で呟いた。声に真摯な響きがあり、これは本音だな、と思った。

普段から、ありがとう、ありがとう、はお袋の口癖だった。が、その普段の「ありがとう」は、お袋生来の、誰に対しても下手《したて》に出ようとする性格からのもの、八十数年で培った処世術ゆえのもの、との思いがどうしても拭いきれず、信用できなかった。しかし今朝のこの「ありがたいよォ」は本音に聞こえた。とはいえ感傷は鬱陶しく、張り詰めた自分も壊したくなかった。どうせお袋はすぐに忘れてしまう。最近は五秒前のことも忘れてしまうのだ。

ズボン下はわたしが穿かせ、靴下は、お袋を脱衣場の床に腰を下ろさせ、自分で穿かせた。脱衣場の床は汚れていないはずだった。その間にわたしは、お袋の部屋に衣服を取りに行った。廊下にはやはり便の足跡はなかった。台所の床も、お袋の部屋の畳にも跡はなく、臭いもしなかった。掛け布団と毛布を撥ねのけ、寝床に鼻を這わせて嗅いだが、便の臭いも尿の臭いもしなかった。大丈夫だった。そして黒のスラックスと厚手のセーターを持って脱衣場へと戻り、お袋が着るのを手伝った。お袋は一人ではもう、満足に衣服を着ることができない。三年ほど前までは、風呂に一人で入り、着替えも少々時間はかかったがなんとか一人でできた。それがある夏の日の昼間、冬物の厚手の衣服を何枚も重ね着し、汗をかきながら団扇をあおぎ始めた頃から、衣服を着る意味が曖昧になってしまったようだ。

手首から先がまたチアノーゼになっていた。触れるとひんやりと冷たい。湯たんぽを抱えていたはずだった。便意をもよおして、一人で暖かい寝床を抜け出てから、もうだいぶ経っているのかもしれない。流しへ連れて行き、洗面器に人肌の湯を入れ、お袋の両腕を浸した。しかし、これがいつもひと苦労なのだった。お袋は五秒とじっとしていなかった。両手をお湯の洗面器に浸しながら、辺りをキョロキョロと、何かを探すかのように見回し、流しのステンレスにお湯をかけたり、指で排水口をこすったり、蛇口の水滴を拭ったりと、まるで指の痛みよりも、じっとしていることの方が苦痛であるかのように落ち着かなかった。そしてそのうち指の痛みを忘れるのか、自分が今何をしているのかも忘れてしまうのか、チアノーゼのままの手を布巾で拭き、流しを離れ、すぐにまた「痛い、痛い」と両手を抱えてうずくまる。だからわたしはいつも、洗面器の中の小さな両手首を、わたしの大きな片手で掴み、押さえつけ、あと一分、あと三十秒、などと言ってお袋の気を逸らせ、必死になってなだめすかす。がお袋は、そのうち我慢できずにわたしの手を振り払い、わたしが思わず怒鳴り、強引に腕を押さえつけたりなどすると、「なぜ、そんなにわたしをいじめるだねェ」と泣きべそをかくようにわたしを睨み付ける。今はもうお袋は、自分で電話は掛けられないが、二、三年前までは、泣きながらよく妹に、わたしにいじめられたと電話をしていたらしい。

しかし今日のわたしには、なぜかゆとりがあった。派手な便失禁という大仕事に関わっているという緊迫感ゆえか、「ありがたいよォ」が効いているのか、手を温めるのを面倒には思わなかった。お袋がわたしの手を振り払っても、あと一分、あと三十秒、と穏やかに声を掛けながら忍耐でき、指先まで完璧にピンク色にすることができた。次はトイレの始末をしたかった。が、お袋に辺りをウロウロされては邪魔だった。お袋を、着替えた服のまま寝床に寝かせ、毛布を掛け、布団を掛けた。するとお袋は、さすがに風邪気味でもあり疲れていたのか、すぐに眼を瞑ってぐったりとなった。

わたしは後始末に取り掛かった。便座に乗っていた便をトイレットペーパーで拭い落とし、汚れた紙オムツはビニール袋に二重に包んでポリバケツへ、そして便の付着したピンクのマット、パジャマ、ズボン下、靴下は風呂場へと持っていき、とりあえず浴槽の残り湯の中に全部放り込んだ。洗濯機の中には、きのう着たわたしの下着などがあったが、お袋の汚れ物と一緒にしたくはなく、スイッチを入れ、先に洗ってしまうことにした。それから雑巾でトイレの中を掃除し、廊下も気になるところを拭い、台所の床もお袋の部屋の畳も、お袋が歩いたと思われる跡にはすべて雑巾をかけた。あとは迎えのバスが来るまで、いつもの朝の仕事に取り掛かればよかった。と思ったら尿意を覚え、トイレで放尿した。が毎朝の便意の方はすっかり引っ込んでしまっていた。それから二階へ上がり、まず自分の血圧を測った。介護を始めてから、すっかり血圧が高くなってしまったのだ。時計を見、今日の自分の朝食は後回しに決め、デイサービスへの支度を始めた。着替えの紙オムツ、下着類をお袋のバッグにつめ込み、きょう飲ませなければならない認知症の薬、高血圧、類天疱瘡、血行障害、胃の薬などなどを、朝、昼、晩に分けて包み、連絡帳には「お袋の風邪の症状は、一週間前の小生の症状と同じです」と書いた。もう始末の済んだ便失禁のことは書かなかった。書くスペースもあまりなかった。

それから階下へ下り、レトルトのお粥をレンジに入れ、お袋の寝床へ行ってお袋の血圧を測り、台所の方からチンッと、レンジが鳴る音が聞こえると、お袋を台所へと連れて行き、テーブルの前に座らせてお粥を食べさせ、その間に家の雨戸を開け、お袋に茶を入れ、仏壇の先祖にも茶を供えて手を合わせ、それからお袋に朝食後の薬を飲ませると、洗面台に連れて行って歯を磨かせ、顔を洗わせ、いつもはそれからお袋の着替えだったが、今日はもう着替えは済んでいた。オムツの交換も終わっていた。洗濯物を干すのは後回し、浴槽の汚れ物も後回しし、そして、なんとか迎えのバスに間に合った。

「大丈夫でしたか?」と迎えに来た宮下さんが、お袋の風邪を気遣ってくれた。

「大丈夫、インフルエンザじゃないよ。一週間前のオレの症状とおんなじで、熱もないみたいだし……オレの風邪がうつったみたい」

「声がガラガラですね、二人とも」

と彼女は愛想良い笑顔を見せ、お袋の手を引いてバスに乗っていった。

今日、迎えのバスに同乗してきたのは若い宮下さんだった。この子は信頼できた。率直で、さっぱりした性格で仕事ができ、落ち着いて相手の表情を読み取ろうとする姿勢のある子だった。

彼女が、デイサービスの施設への通勤途中、運転する自分の車の中から、表通りを歩くお袋を見かけ、徘徊ではないかと心配し、わたしに電話を掛けてきてくれたことが二、三度あった。二階の自室でＮＨＫの朝ドラを観ていたわたしは、慌てて家を飛び出した。いずれの日もデイサービスに行く日であり、わたしはお袋に、迎えのバスを大人しく待つようにと言い付けてあった。がお袋は、何かを不安に思ったのだろう、表通りの老人会仲間の家へ「きょう老人会で何かあるかしん（かしら）？」と訊きに行ったらしい。お袋はもう老人会を止めていた。バスで一緒に施設へ行く老人たちを町内の老人会仲間と勘違いしていた。とはいえその頃はまだお袋は、自分でパジャマを私服に着替えることができ、外出の目的も明確に自覚していた。それが最近、パジャマ姿で近所の医院の待合室に現れ、知り合いの人に手を引かれて家に連れて来られるようになった。そろそろ、徘徊の対処法を考えなければならない段階なのかもしれない。最近は不思議そうにわたしの顔を見て、「だれ?」と口走るようになった。土足で布団に寝ていたり、着ているパジャマをハサミで切り裂いたりするようにもなった。

二

午後、わたしは日課の散歩に出る前に、家で、これも日課の腹筋、背筋、腕立て伏せをした。が、まだ朝の動揺が尾を引いていたせいか、腹筋運動の回数を途中で何度も忘れてしまった。

散歩はしかし、気持ちを落ち着かせてくれる。車で家を出、表通りに出てから、今日は近場の大井川河川敷の遊歩道を歩こう、と決めた。風邪気味でも、多少体調が悪くても、散歩はほとんど毎日欠かさない。雨の日も傘を差して歩く。

散歩のコースは他にもいろいろあった。解放感のある海辺の遊歩道、起伏の少ない川沿いの道、起伏の多い山の中の道、暑い夏は木陰を選んだり涼しい夕方に歩いたり、寒い冬は防寒着を着込んで必死に歩き、そしてときどき静かな自然の中を歩くことに飽きると、繁華な街中や、住宅地の狭く込み入った路地を歩いたりして、煩雑な人の気配を逆に楽しんだりした。

大井川河川敷に車を置き、遊歩道を上流に向かって歩きだした。風がひんやりと心地良い。ウイークデーの午後で、歩く人はほとんどいない。富士山は雲に隠れて見えなかった。

お袋は、この川の上流四、五キロにある施設に、今いるはずだった。

するとしばらく歩くうちに、脳裏に、今朝の出来事が甦ってきた。と、遊歩道を歩く心地良さが消え、胸につかえる「何か」に息苦しさを覚えた。わたしは、思わず深く息を吸い込み、そしてまた、風の冷たさに意識を向け、西の牧之原台地を眺め、それから川の水面に眼を移して、水音に耳を傾けた。が、意識的に気を逸らそうとしている自分に気付き、思考をコントロールするのはやめよう、と思い直した。

散歩は、瞑想のようなものだった。気分転換の目的もあるが、自我の浄化にも効果があった。頭を空っぽにし、厄介な自我を解放して、心穏やかな、素直な自分を取り戻すことができた。

そうなのだった。自我ほど厄介なものはないのだった。自我はいつも、都合よく辻褄合わせをしたり、自分を騙したり誤魔化したりする……それがまた、自我の役目ではあるのかもしれないが……。

思考を移るがままに任せよう、と思った。息苦しい「何か」を避けて意識的に気を逸らそうとしている自分に、誤魔化しの気配を覚えたのだ。その「何か」を逆に探ってやろうと思った。そしてわたしは、今度は意識的に、今朝の出来事を思い出し始めた。

夜中に二度目に起きた時、お袋は布団の上で震えていた。自分で手を温めようとした形跡があり、わたしは湯たんぽを作ってお袋に抱えさせ、寝かし付けた。そして二、三時間後、尿意をもよおして起きると、階下のトイレが便まみれ、それからの自分の狼狽、悪戦苦闘……。そんなふうに今朝の自分の行動の一つ一つを、丹念に、素直に、ときどきため息をつきながら思い出していった。そうして、迎えのバスが来るまでのすべてを、細部に至るまで思い出すことができた。息苦しい「何か」など微塵も感じなかった。むしろ今朝のことが反芻できたことで、興奮も動揺も息苦しさも、鎮静化したように思えた。

これでよし、と思った。そして今朝の自分は、ほぼ完璧に対処できたのでは、と思った。息苦しかった「何か」とは、こんな生活がいつまで続くのだろう、という憂いと、これからさらに難しくなっていくだろう介護の段階への恐れだったように思えた。しかし普段のわたしは、そんな憂いや恐れを、介護は「修行」と自分に言い聞かせ、蹴散らしていた。「修行」は、困難を克服するには都合の良い発想であり、気持ちをポジティブにしてくれた。どうせ自分を誤魔化すなら、気が楽になる自我を持つ方が賢明であるに決まっていた……冷たい風、牧之原台地の碧、川の水音……やはり、なぜか息苦しさを覚えた。気弱になっている自分がいた……いけない、いけない、これでは気分転換にも自我の浄化にもならなかった。散歩は瞑想だった。そうだ、呼吸だ、と思った。まず息を鼻から深く吸い、腹を膨らませ、それからゆっくりと長く吐いた。そしてそれを三度繰り返し、呼吸に意識を集中した。この種の呼吸法は、あらゆる瞑想の手引書に載っている基本だった。本来は部屋で静かに座して行うが、わたしは散歩中にもよくこの呼吸を試みた。ときどき川のせせらぎを前にしながら、河原に座って瞑想した。気持ちよかった。

散歩は、自然に浸りながら、眼耳鼻舌身意（脳）の肉体の六つ感覚器官へと意識を向け、力みを取り去り、そこに潤いと癒やしを求めるものだった。しかし瞑想は、その六つの感覚器官から力みを取り去るばかりでなく、さらなる感覚の希薄化をめざし、感覚器官そのものとの遮断を図って、無念無想、肉体のその背後にいる誤魔化しようのない「自己」に接する目的があった。そしてさらに瞑想には、その「自己」になりきり、同化して、この物質世界の次元を超え、この世の上位のエーテル界（幽界・霊界……）という、さらなる上位の世界への接触をめざして、己の純化を求め、叡智を求め、己を高めつつ、カルマの世界を超える意識へと己を誘《いざな》うものであるらしい……。

家では、ほぼ毎日瞑想する。十五分から三十分ほど、しかしそれ以上はめったにしない。本格的に行を積もうとする人は、五時間でも六時間でも座り続けるという。そこまでの意欲は自分にはない。だから厳密にいえば自分のは、瞑想の前段階の、対象（客観）に自分（主観）を集中させる精神集中の段階といえた。深い瞑想に、恐怖心があったのだ。とはいえ、これまでに二、三度、肉体の背後の「自己」に触れたような思いを経験してはいる。ほんの数秒間、あるいは一秒もなかったかもしれない。真っ暗な部屋の中で、肉体の感覚を消失し、自分が無限に拡散してしまったように思えて、恐怖を覚え、慌てて眼を見開いて、自分を、現実を、確認した。異界の存在の気配を感じ取ったのかもしれない。もしかしたら、あれが死の感覚なのかもしれなかった。けれどもその数秒間は、恐怖ではあったが同時に、陶然と、法悦と思えるほどの心地良い時空間でもあったような気がした……。

肉体の背後にいる「自己」……わたしは、そんなスピリチュアルな発想を信じていた。「自己」は、自身、多次元の層を有し、個であると同時に幾多の前世やこの現世を含めた個の集合体でもある、という複雑な構造を成し、輪廻の母体であるという。つまり、わたしの自我をこの世の意識とすると、「自己」はあの世の意識といえた。しかし同じ意識ではあっても、その異なる世の、異なるモノの性質やモノ的環境によって、意識とそのモノとの関わり方にはかなりの違いがあるようだ。例えばこの世のわたしの自我は、モノが意識を創るのか？　意識がモノを創るのか？　と問われれば、意識がモノを創るのだと思う、と答える。いくらこの世のモノを微細に精巧に組み立て調合し、ＡＩなどを駆使したりしても、意識は創造され得ないと思うのだ。そしてまた、あの世を含めた幾層もの、あらゆる極微なモノの内にも、もともと意識が宿っているとも思っている。例えば、霊体や幽体の「自己」意識の下部には肉体の精神の自我意識、その下部には心臓や肝臓などの臓器があり、その臓器一つ一つにもそれぞれ意識があって肉体の精神の自我を支え、そうしてさらに、臓器の下部にある六十兆の細胞にも臓器を支える意識があって……というふうに、これらの関係は、幽体や霊体のさらなる上部の意識へと、また逆に細胞のさらなる下部の分子や原子や素粒子などの意識へと、上部へと下部へと、連綿と続く意識の構造となっているものと思われる。

そしてまたわたしは、意識なくしてモノはあり得ず、モノという場なくしても意識はあり得ないと思っている。この意識とモノとの関係は、しかし、卵が先か鶏が先か、などという矛盾律の話では片付けられない。あの世を含めたこの宇宙では、物質や場というものは実体としてはなく、意識しか存在しない、と思えてならないのだった。

仏教の唯識では、「唯識無境《ゆいしきむきょう》」といって、まず意識ありで、客観的世界などがもともと在るわけではなく、自分の周囲にモノの現実世界があると思うのは、個々の人間の意識が創り上げた実体のないモノの幻想世界なのだ、と説く。そして量子力学でも、モノは観測者があって初めて存在する、という。モノには、粒子である性質と波である性質とが同時にあり、非局所的な空なる世界から、意識によってその空なる世界の波から粒子を生じせしめたり滅したりすることができ、しかしその粒子と波のどちらかを同時には観測できず、意識がその観測結果の選択権を有するのだという。

つまり、この仏教哲学や物理学理論は、この世の本来を説明するばかりでなく、あの世にも通用するものであり……いやいや実は、これらの哲学や理論は、あの世の当たり前の現実を表現しているにすぎない、といえるものだった。例えばこの世では、こんな家に住みたい、こんな家を建てたい、と思っても、金や建築業者や時間が必要となり面倒ではあるが、あの世では、欲しいと思えばたちどころにその欲しいモノである家が現前し、そして、もう飽きた、違う家に住みたい、と思えば、たちどころにその欲しい新たな家が現前して、元の家はそれへの執着度が減ずるに従い消滅していくという。

このように、あの世でももちろん意識がモノを創るのであり、家というモノは唯識でいう幻想であり、そして量子力学でいうモノの性質の具体的な世界でもあって、欲しいと意識すれば非局所的な空なる世界から家は生じせしめられ、飽きる意識に従い非局所的な空なる世界の波へと家は滅せられていく。この世では、その意識の働きが、素粒子という極微のモノの世界でしか確認できないが、あの世では、素粒子が家の大きさのモノによって現前している、というのだ。であるならば、すべてはやはり意識だった。初めに意識ありだった。そしてたぶん、あの世を含めたこの宇宙は、神か？　あるいは神に最も近い意識の創造と考えられ、人間を創ったのは、それから少々位の降《くだ》った意識の仕業かもしれず、そうしてさらにさらに降った、われわれ人間の最も近場にいる存在である「自己」という意識の働きが、どうやら人間の人生のアレンジを担当しているらしい、というスピリチュアルな発想が、信頼できる発想であるように思えてならないのだった。

そうして、この「自己」というわたしのすぐ上の位置にいる意識は、わたしのこの世への誕生前に、ある大事な役目を果たしたのち、今もこのわたしを見守ってくれているらしい。人の誕生前や死後の世界の主役であるこの「自己」は、わたしがこの世へと生まれ出る前、同次元の他の存在たちと協議しながら、わたしが今生では、いったい何を経験すべきか何を学ぶべきなのかを企画し、国籍や性別などはその都合により選び規定して、また結婚や大病などの重大事なども予め起きるべき時に設定して、そうして、わたしの肉体や自我をコントロールしながら、うまくその学びの時空間へとわたしを誘導してくれているらしい。

神は耐えられぬほどの試練は与えない、とよくいわれる。真理と思う。「自己」は最上位の存在である神ではないが、われわれよりも上位の存在であることに違いなく、この世でわれわれを見守り、悩ませ、叱咤しながら、われわれの魂の進化度に似合った様々な試練を与えてくれているというのである。そしてこの世は、あの世ほどモノが自在に扱える世界ではなく、不自由で住み難く生き難く、そしてそれゆえに、この世ほど修行に最適な世界はなく、物質界のこの地球は、魂の進化のための、格好の学びの学校であるらしい。

そして安楽な人生に学びは少なく、多難な人生ほど実り多い学びを得られるということらしいのだ。

高校を卒業し、三十年近く東京で暮らし、それから田舎へ帰ってきて十数年。今が、これまで生きてきた中で一番厳しく困難な時であり、介護が、今生での最も主要な出来事であることに間違いなかった。六十過ぎの独身での母親の介護、この経験をするために、今までの自分の半生があったように思えてならないのだった。

若い頃、自分で言うのもなんだが、結構モテた。付き合った女の子も何人かいた。が、すべて結婚にまでは至らなかった。そしてわたしはときどきふと、自分には結婚する意志がないのでは、とそう思うことがあった。友人の結婚式に出席したりすると、なぜみんなこんなことをするんだろう、と儀式に抵抗を覚えたり、結婚を面倒に思ったりした。そして友人たちには、今の自分は妻子を養う経済力がないから結婚はできない、などと言いつつも、積極的に安定した職に就こうとする気もなく、むしろ不安定で気ままな生活を好み、束縛のない独り身の環境に満足していた。

職種も、今のこの生活のために無意識裡に、選んできたように思う。大学は文学部を卒業したが、就職せず、二十代はアルバイター、三十近くになってボイラーや危険物の免許を取得し、ビル管理の設備員として働いて、ビルメンテナンスの会社を何社も渡り歩いた。ゆえに、ガス、水道、電気など、家の中の雑事はなんでも一人でこなせた。清掃員の経験もあり、汚れ仕事にも慣れていた。人糞牛糞の中を歩くインドへの旅も楽しめた。背後の「自己」が、介護のための予行演習をさせてくれたのではないかと思う。文学に興味を持ったことにも、きっと意味があるに違いなかった。スピリチュアルな本を好んで読み、その発想に心惹かれた。そんな発想の支えがなければ、とてもここまで無難に生きてはこられなかったように思う。

ではこのわたしの「自己」は、このようにわたしの半生をおぜん立てし、わたしを六十過ぎの独身での母親の介護の時空間へと誘導して、いったい、どんな「学び」をわたしに与えてくれようというのだろうか？……。

東京での生活は、六畳一間の安アパートに住み、金はなく、うらぶれてはいたが毎日が楽しかった。仕事上の人間関係の煩わしさはもちろんあったが、仕事から帰ると、毎晩のように行き付けの赤提灯の縄のれんをくぐり、店の常連仲間と旅行に行ったり、山を歩いたり、気の合う連中とばかりと付き合っていればよく、気の合わない連中とは付き合う必要がなく、いつも心穏やかに生活できた。だから東京でのわたしは、めったに感情的になることはなく、怒った記憶もほとんどなく、自分は穏やかな人間なのだな、とそう思っていた。

それが田舎に帰り、子供の頃から知ってはいるが、必ずしも気の合うとは限らない親戚や近所の人や幼馴染みらとの付き合い方に、惑い、疲れ、困憊《こんぱい》し、十二指腸潰瘍になって救急車のお世話にもなった。そして親父の死後、お袋の認知症による様々な症状、わけの分からぬ言動に、戸惑い、驚き、毎日カッカ、カッカと興奮して感情的になっている自分がいた。自分がこんなにも激しやすい性格とは思わなかった。加えて、認知症のお袋の言葉を信じた親戚や近所の人の誤解にも悩まされ、煩わされ、毎日が苛立ちと忍耐の連続となった。自分以外の人間すべてが敵に思え、疑心暗鬼にもなった。

しかし「現実」は、自分が選択し自分が創るものだった。こちらの姿勢次第で、「現実」はいかようにも変えられるはずだった。これがスピリチュアルな発想だった。そしてこの発想はさらに、苦境の時こそ大事、苦境こそ学びの時であり「ありがとう」と感謝しろ、とわたしを煽る。確かに苦境は、捉え方、姿勢を変えれば、これほど刺激的でエキサイティングで、生きる手応えを与えてくれる境遇はなかった。ならばありがたく介護を受け入れて、夢中になるほど介護に没頭し、こだわって、楽しんでやろうと思った。

年賀状に「『脱げ！』と毎日、お袋のオムツ交換の修行をさせていただいています」と書いた。好評だった。周辺のご老人たちが、道でわたしを呼び止め、労をねぎらってくれるようになった。親戚や近所の人の態度が変わってきた。スーパーのレジの女の人たちが愛想良く接してくれるようになった。お袋の足腰の強化、寝たきりとならぬよう、デイサービス以外の日は必ずお袋を買い物に連れて行き、階段の上り下りやカートを押させたのだ。お袋も買い物に出るのを楽しみにしていた。病院の看護師さんたちも優しくなってくれた。

今でもわたしは、お袋の毎月三つの病院の通院に、付き添っている。しかし通院当初は、看護師らの、母親を介護する独り者の息子を探る視線に、プレッシャーをかけられた。彼女らの、わたしを監視するような、疑うような眼。笑顔を見せて馴染みそうになると、その笑顔をこわばらせ、妙によそよそしく、わたしを受け入れようとしない姿勢を見せた。ＤＶや、ネグレクトを疑っている、とわたしは思った。が、そんな厳しい眼に晒されて四、五年、通院している三つの病院への付き添いを、わたしは一日も欠かすことなく続け、手抜きのない介護を見せることができて、どうやら彼女らの信頼を勝ち得ることができたようだった。

デイサービスの女の子たちも同様だった。朝夕の送り迎えの、探るような、監視するような視線……しかし今は、冗談を言い合い、からかうこともでき、仲良くなることができた。自分が信頼されている様子が嬉しかった。介護が面白くなってきた。

もちろんまだ、介護の生活が終わったわけではない。介護はまだまだこれからであり、今の人生の途中のこの段階では、今生での「学び」の全貌など分かるはずはなかった。分かるとすれば、死の間際か、死後ということになると思う。しかし今、これまでの自分の介護生活から学び得たものがあるとすれば、前述の「『現実』とは、自分が選択し自分が創るものであり、こちらの姿勢次第で『現実』はいかようにも変えられる」、というスピリチュアルな発想の確認を、その実践をとおして学び得ることができたのでは、という思いが、ささやかではあるが一つ実感としてあった。

が、しかし一般的には、この世での「学び」の例として挙げられているのは……これは、あの世の存在たちがこの世の霊媒などへ通信してきた情報からや、あるいは退行催眠などで、被験者が自分の過去生と過去生の間の中間生を経験し、または、この世への誕生前に自分の「自己」に同化し得たりして、被験者自らが計画したこれからの人生の「学び」を思い出し、それを催眠施術者に報告したという情報からではあるが……「愛」を学ぶため、「忍耐」を学ぶため、さらには「真理」「叡智」「正しき判断」「洞察力」「悟り」等々を得るため、というような「学び」が一般例となっている。

しかし前々からわたしには、これらはあまりに漠然と、抽象的で分かりにくい、という思いがあった。わたしの「『現実』とは、自分が選択し……」云々の「学び」の方が、具体的で真実味があるように思えてならないのだった。

人間は普通、この地球学校の転生を何十回、何百回と経験し、そして卒業してさらなる上位の意識界へと進化していくという。一回の人生の「学び」としては、このように、ささやかな「気付き」や具体的な「学び」があり、その集積が抽象的な「学び」として要約されているような気がする。

もう一つわたしには、ささやかな「学び」として、病のお袋に自己欺瞞の気付きをご教授いただいたことがある。ロウソクや風呂やパジャマのケンカのことである。その頃はまだ、お袋とケンカができた。ロウソクの火の消し忘れ、風呂に入りたがらなくなったこと、寝る時パジャマに着替えなくなったことなどを、わたしは、お袋の不注意、無精、怠慢のせいと、感情的になってお袋をなじった。が実際は、お袋の不注意、無精、怠慢などではなく、それはお袋の病の進行のせいだった。そこに眼を瞑っていたわたしは自己欺瞞に陥っていた。そしてさらにわたしは、お袋の病の進行に合わせてこちらの介護の対処の変更を面倒に思う自分にも眼を瞑っていた。二重の自己欺瞞に陥っていたのだ。そうして、そこに気付きを得たわたしは、けなげにも態度を改めた。異界にいる親父を想って線香を上げるお袋を思いやり、お袋を風呂に入らせたいわたしの欲、パジャマに着替えてもらいたいわたしの欲を捨てて、現実をあきらめの中で受容した。すると、お袋に入浴の習慣は戻ってはこなかったが、ロウソクの灯を消すこと、寝る前のパジャマの着替えの習慣がお袋に戻ってきた。

お袋の背後にいるお袋の「自己」の仕業に違いない、と思った。

六十過ぎの独身での母親の介護。これが本当にわたしの今生での「経験」と「学び」のメインテーマであったのならば、その最も重要な協力者はお袋だった。お袋の背後にいる「自己」のはずだった。この世への誕生前にこの二人の「自己」は、入念な協議を重ね、わたしは母親の介護を通じて、お袋は認知症という病を通じて、それぞれ互いに、自身の今生での「経験」と「学び」を企画したように思えてならないのだった。

三

散歩の帰り、スーパーに寄って夕食の食材を買ってから家に着くと、電話のナンバーディスプレイの表示に、デイサービスからの着信が何通もあった。三時半頃だった。なんだろう？　と思いつつ、折り返しすぐ電話した。センター長の看護師資格のある山田さんが出た。一年十ヶ月前のおととし四月、よその関連施設から異動してきた人で、迎えのバスにも二、三度同乗してきたことがあり、穏やかそうな性格に見えた。

その穏やかそうな山田さんの声に緊迫感があった。お袋の熱が三十七度五分あり、入浴は今日は控え、しばらく施設の布団に寝てもらい、下着のシャツは便の付着があったので洗濯し、セーターも施設のものを着せています、と口早に言う。その時、こちらは今朝便失禁があったことを伝えたが、詳しく話す間はなかった。うちの風呂場で見た限りでは、臀部付近の下着のシャツに便の付着はなかったように思う。もしかしたら穿き替えた紙オムツに付着していたのかもしれなかった。そして、三十七度五分は、お袋としてはそれほど高い熱とは思えなかった。今朝の家では三十七度一分だった。そして入所当初からわたしは、連絡帳に記されている体温には必ず目を通し、注目しているが、三十七度を超える日がわりと多く、最高値で三十七度七分が二度あったりした。しかしその時も、風邪を引いている時でもなんでもなく、連絡帳にも入浴を控えたとも布団に寝かせたとも書いてなかった。わたしは、お袋の平熱が人より高く、そして施設の体温計がちょっと高めの表示なのでは、とその程度に思っていた。

「迎えに来ていただいて、受診してほしいんです！」

「受診？……」

意味が分からなかった。彼女は看護師でもあり、施設には医師も常駐しているのだろうか？ それともこれから医師を施設へ呼ぼうというのか？ そしてわたしに立ち会ってほしいというのだろうか？ などとわけの分からぬ思いが頭を巡った。

「お医者さんに行って、受診してほしいんです」

「医者へ？……」

こちらには、普段から風邪程度で医者にかかるなどという発想はなかった。彼女が、お袋を医者に連れて行け、とわたしに強いる意図が図りかねた。しばらく受話器を耳にしたまま沈黙した。漠然と、納得がいかないものがあった。すると、その沈黙に彼女は、

「ええっ？　迎えに来ていただけないんですかァ！」と声を荒げ、感情的になった。

「ああ、行きます行きます、すぐに行きます」

この冬、もうピークは過ぎたが、インフルエンザが流行っていた。いつもはバスで迎えに来る運転手が、女の子も同乗させず、一人で小型車に乗ってお袋を迎えに来ていた時期があった。聞くと、インフルエンザで施設の利用者が激減しているから、と言う。お袋は大丈夫だった。元気だった。

しかし数日前からお袋も少々風邪気味で、三日前の前回の利用日の金曜日には、バスに同乗してきた工藤さんが、お袋を送り届けながら家の玄関で、怖い顔をして「様子を見てくださいッ！」と含みのある眼でわたしを睨んだ。連絡帳にも工藤さんは「様子を見てください」と念を押すように書いていた。工藤さんは山田さん同様、一年十ヶ月前のおととしの四月に、よその施設から移動してきた人だった。性格は厳格で、すぐに感情が顔色に出て怒りやすく、施設の他の若い女の子たちに怖がられていた。

迎えに行く車の中で、いろんなことを考えた。やはりインフルエンザかも、と思ったり、いやそんなはずはない、と思い直したり、もし重症ならば、わたしに何度も電話を掛けてくる前に救急車でも呼べばよく、施設は責任問題となるのを避けたく、早くお袋をわたしに任せてしまいたいと思ったのだろうか、と勘ぐり、そんな時こそ利用者の家族としては面倒を見てほしいのに、と不服に思った。怖い工藤さんの顔が浮かび、困惑する山田さんの顔が浮かんだ。そしてまた、どこに便の付着があったのだろう、と考え、それを彼女らがどう解釈したのだろう、と気になった。

施設の駐車場に車を置き、玄関ドアを開けると、お袋が玄関脇の長椅子に腰掛けていた。わたしを見て、誰だろう？　という顔をした。宮下さんと、最近よく見かける新入りのオバちゃんの二人が、お袋に付き添い、わたしの来るのを待ち受けていた。オバちゃん、といってもたぶんわたしより年下に違いない。そのオバちゃんが「面倒かもしれないけど、お医者さんに連れてってあげて」と言った。先ほどの山田さんとの電話が、どんなふうにスタッフに伝えられているのか、もちろん分からない。でもオバちゃんは、確実にわたしを、母親の介護にいい加減な息子、と見ていた。わたしは思わずまじまじと、オバちゃんの顔を見てしまった。オバちゃんも怯まずわたしを見返した。

奥の部屋では、ご老人たちがテーブルを囲み、スタッフの人たちがかいがいしく動き回っていた。しかし施設の重鎮の山田さんも工藤さんも、まったく顔を見せようとしない。あの二人はわたしの何かを疑っている、と思った。そして宮下さんが、お袋の手を引き駐車場まで見送ってくれた。彼女の表情が複雑だった。彼女との付き合いがスタッフの中では一番長い。その彼女が顔をこわばらせ、わたしと視線を合わせにくそうにしていた。彼女は信頼できた。その彼女の様子から、わたしへの不信が施設内を席巻したのは間違いないように思われた。

「おしっこがしたい」と助手席のお袋がガラガラ声で言う。

「我慢しろよォ、もうすぐ『横光さん』に着くからァ」とわたしもガラガラ声。

オムツをしているから漏らしても構わない、とは思ったが、診察時に臭うのはまずかった。

横光クリニックは、看護師に、わたしが血圧の薬をお袋に飲ませていないのでは、と疑われ、他の患者さんたちがいる前で怒鳴られたことのある内科医院だった。しかし今ではもうその看護師は、年に一度のお袋の尿検査の時など、トイレの中にまでお袋に付き添い、お袋が検尿の紙コップに排尿し終えるのを、三十分以上も根気強く声掛けしてくれる、われわれに懇切な看護師になっていた。お袋は家では頻繁にトイレに行くが、施設や医院では遠慮するのか緊張するのか、尿意が止まり、毎年の尿検査時にはいつも苦労させられている。

助手席のお袋は元気だった。施設の布団でひと寝入りしたせいか、いつもより元気そうに見えた。インフルエンザにはとても見えなかった。しかし今朝の施設への来所時には、お袋はぐったりしていた、とオバちゃんが言っていた。もしかしたら夜中、お袋は眠れなかったのかもしれない。湯たんぽを抱える前も、またその後も、もしかしたらずっと眠れなかったのかもしれなかった。

医院に着き、お袋が看護師に体温と血圧を計ってもらっている間、わたしは待合室で、気になっていた連絡帳に目を通した。山田さんや工藤さんが、いったいどんなことを書いているのか早く知りたかった。ふつう連絡帳は、施設の女性スタッフ全員が交代で書いていた。が、最近ここ一年間ほどは、施設の重鎮である山田さんと工藤さんのお二人が、ほとんど交代でお袋の連絡帳を担当し、特別お袋には目を掛けてくれている様子があった。

血行障害や皮膚病の類天疱瘡の水疱にも気を付けてくれていた。それゆえにわたしには、二人の言葉は重く、二人の思惑が怖いほど気になった。しかし今日の連絡帳は、宮下さんが書いていた。三十七度五分の熱のため入浴を中止し、身体を清拭したこと、セーターとズボンはセンターのものを着せ、昼食は、食欲はなさそうではあったが、全量食べたこと、そして午前中は布団で寝、午後も寝ていたが、いつの間にか輪投げのレクリエーションに参加していた、と穏やかに当たり障りなく書かれていた。二人が宮下さんに書かせたに違いない、と思った。二人はあまりの怒りと興奮に、連絡帳に率直なことが書けなかったのでは、と思った。

医院では、血圧の方は少々高かったが、熱は三十六度七分と平熱だった。「インフルエンザなら三十八度を超えています。ですからインフルエンザではありません」と横光医師は診断してくれた。わたしは先生に、今朝の出来事を事細かく報告した。夜中、ドアも襖も開けっ放しにして布団の上で震えていたこと、湯たんぽを抱えて寝、そのあとの便失禁、施設での午前中はぐったりしていたらしいが、しかし午後には快復した様子などを話した。そして、もしかしたらお袋は、夜中ほとんど眠れなかったのかもしれません、と付け加えた。先生も、たぶん寝不足が風邪を悪化させ、意識を混濁させたのでしょう、という診方をした。先生はそして、抗生物質と、喉の炎症を抑える薬と、痰を出やすくする薬を処方してくれた。

四

インフルエンザではなかった。ひと安心ではあったが、しかし問題が解決したわけではなかった。家に帰る車の中で、わたしはまた山田さんと工藤さんのことを考えていた。受話器の向こうの山田さんは、こちらが今朝便失禁があったことを伝えても、弁解がましく聞こえたのか、まともに聞こうとはしてくれなかった。そして工藤さんの方は、前回の利用日の金曜日、お袋の体調を気遣うよう暗黙の威圧をわたしに与え、連絡帳にも注意を促していた。にもかかわらず、今朝のお袋はさらに体調を悪化させ、ぐったりとなっていた。二人とも、わたしの何らかの誤魔化しと怠慢、もしかしたらさらにひどいネグレクトを疑っているのかもしれなかった。この一年十ヶ月の間に培われてきた彼女らとの信頼関係が、いっぺんに壊れてしまったような気がした。

ハンドルを握りながら、哀しくなるほど気が滅入ってきた。大きく息を吸い、アアーッとため息が漏れた。そしてさらに二度、三度と深く息を吸い込み、ゆっくりと長く吐いた。そんなことで気が晴れるはずがなかった。しかしその呼吸は、自分に素直になろう、という無意識の自分への合図にもなっていた。

するると交差点の赤信号で車を停めた、その時だった。身体の力が抜け、自我の力が抜け、誤魔化しグセのある自我の、その背後にいる「自己」に触れたような思いがした。それは、家での瞑想時に、これまで二、三度経験したことのある、あの数秒間の恐怖と快感の入り混じった精神世界に似ていた。しかし状況はまったく異なっていた。静かに座してじっと眼を瞑った暗闇の中ではなく、いま自分は明るい昼間、眼を見開いて車の運転をしていた。そしてその時、唐突に、なぜかあの散歩中の息苦しい「何か」の意味が解ってしまった。そればかりではなかった。今朝の出来事から今ここまでの「自己」からの情報が、瞬時にいっぺんに、わたしの中へとなだれ込んできたのだ。そしてそれは、赤信号を眼の前にしながらの奇妙な感覚から始まった。

わたしは眼の前の赤信号に反応し、ブレーキを踏み、右手の指で左折へとウインカーを出した。ところがその時、同時にわたしは、ブレーキペダルになり、ウインカーレバーにもなり、目の前の赤信号にもなっていたのだ。自分が自分の右足に踏まれる感触を覚え、自分が自分の右手の指ではねられ、自分は眼の前にある赤信号の気持ちにもなっていた。赤ランプが放つ熱をありありと感ずることができたのだった。つまりわたしは、運転する自分であると同時に、知覚する対象物のブレーキやウインカーや赤ランプになり、さらに握るハンドルや座る座席など車体全体にもなっていた。そればかりではない。注意を、助手席のお袋に向けると、尿意を我慢するお袋の気持ちが分かった。そしてさらに、この場にいない山田さんや工藤さんのわたしへの思惑も、明確に分かってしまった。というよりわたしは、すでに彼女らの思いを知っていたのだ。

あの時、大井川を散歩し始めたあの時、わたしは四、五キロ上流の施設にいるだろうお袋のことを思った。と、その思いの波に乗っかり、自分は、まるでビッグバンの爆発のように拡散し、膨張して、半径四、五キロの球体のようになって施設の建物を覆っていた。そして気が付くとわたしは、施設の中にいた。そして、布団の中で気持ちよさそうに眠っているお袋と、当たり前のように会話していた。言葉ではない。言葉を交わさなくても意思の疎通はできた。眠りながら対応するそのお袋の「自己」は、普段のお袋とは異なり、冷静で重厚な雰囲気があった。そして、その時事務所にいた山田さんや工藤さんも観察でき、彼女らとも意思の疎通ができて、お袋の今朝の入所時の様子を知り、彼女らのわたしへの否定的な思いを知ることができたのだった。彼女らはわたしの不誠実や怠慢をなじり、やはりネグレクトを疑っていた。もちろん会話できたのは、これも、その時のわたしの「自己」と同次元の世界にいた彼女らの「自己」らが相手であり、わたしをなじる現実の彼女らには、その場にいるわたしを感知できるはずはなかった。

また同様に、その時刻、遊歩道を歩いていたわたしにもそんな出来事は知り得るはずはなかった。知り得るはずはなかったが、しかし肉体のわたしの脳の方は、その彼女らの否定的な思いを、得体のしれない否定的な思いとして、しっかり受信していた。実はこれが、散歩中に覚えた息苦しい「何か」の主原因だったのだ。そしてその時、わたしの脳裏に今朝の出来事が甦ってきたのも、この時の「自己」の反応の影響でもあったのだ。

信号が赤から青に変わり、ハンドルを左へと切ると同時に、自分の意識の世界が変わった。「自己」が信号から、車から、わたしから、離れていくのが分かった。言い方を変えれば、拡散していた自分が縮小し、また小さな肉体に閉じ込められてしまったかのような思いがした。瞬間、閉塞感さえ覚えた。

すべては、信号が赤になっていた間の、わずか一分と少々の間の出来事だった。わたしは完璧に「自己」と同化していたように思う。その間のわたしは、まるで、自分のいる交差点を中心に半径五、六十メートルほどの空間を支配する、小さな神にでもなったかのようだった。信号機や車や自分ばかりでなく、アスファルトや側溝やガードレールの息遣いさえ感じ、歩道を歩く人や交差点で赤信号で待つ人、対向車や後続車の中にいる人たちをも自分の中に包み込んで、こちらが彼らに意識さえ向ければ、彼ら一人ひとりの内情をつぶさに知ることができたように思う。

実際、交差点の角にあるコンビニ店内で働く若い男女を、車窓越しにちらりと注視しただけで、二人が恋仲であることが分かってしまった。そうしてこの間、わたしの「自己」は、わたしの欲するわたしの知り得ない情報の、ほとんどすべてをわたしに提供してくれた。そしてこの情報は信号が赤から青に変わっても、「自己」と一緒には、わたしから離れては行かなかった。ここまでの今日一日の「自己」の記憶が、しっかりとわたしの自我に組み込まれて残ったのだ。この一分と少々の間に、自分は別人になってしまったかのようだった。

わたしが大井川を散歩中、「自己」が施設を訪れていたその時、施設の座敷で寝ていたお袋の「自己」は、わたしにこのように伝えてきた。夜中はやはり眠れず、午前中はその疲れでぐっすり眠ったが、昼食に出されたサバの味噌煮が美味しくて、今はその満腹感で眠っているのだと。

そして事務所には、怖い顔をした工藤さんと、わたしの家へ電話している山田さんがいた。電話はもちろん繋がらない。工藤さんは怒りで興奮していた。地位はセンター長の山田さんの方が介護福祉士の工藤さんより上ではあるが、工藤さんは年上でもあり、威圧が強く、普段から山田さんは工藤さんには気圧され気味で、この時も自分の思考を奪われ、工藤さんの推断に追随してしまっていた。

施設では、午前中入浴する前に血圧、脈拍、体温を測る。今日のお袋の担当は工藤さんだった。血圧が高く、熱もあり、そしてオムツには便があって、バスの座席にそのまま座ったせいか、便がオムツからはみ出、ズボン下を汚し、黒色スラックスにも臭いが移っていた。下着の長袖シャツに便の付着があったかどうかは分からなかった。工藤さんは怒り心頭に発し、靴下、長袖シャツ、ズボン下、スラックス、セーターまでも、ろくに調べもせずに、着衣すべてを汚れ物として洗濯機の中へと放り込んでしまったのだ。

そしてわたしの介護の手抜き、ネグレクトは確実なものとなった。そして今も布団の中で寝ているお袋はインフルエンザであるに違いなく、「様子を見てください」と連絡帳にも口頭でも注意を促したにもかかわらず、わたしは聞く耳を持たないいい加減な人間だった。そうして、何度も電話している山田さんを見ながら工藤さんは、なぜ携帯を持たないのか、とわたしのずぼらな性格に苛立ち、最近お袋の体重が三キロほど減ったのは、家で満足に食事を与えていないせいなのでは、と疑い、だからお袋はいつも空腹で、施設の食事を必ず残らず平らげるのでは、と思った。お袋は痩せの大食いで、出された食事はいつもすべて平らげてしまう。それでも体重は変わらなかった。しかし最近、お袋が少々太り気味なのでは、とわたしは思い、ときどき様子を窺いにくる妹の助言もあって、減量を図っていたのだった。

そして、事務所にいる彼女らの思いを知ったわたしの「自己」は、今朝の便失禁という出来事に対処したわたしのことを思い出し、もう少し真摯に対処できていればこんな事態には至らなかったのでは、と思った。すると同時に、遊歩道を歩くわたしの脳裏にも今朝の出来事が甦り、息苦しさを覚え、その息苦しさの原因をわたしは、今朝の出来事の中に探し出そうとしていた。息苦しさの主たる原因は、彼女らのわたしへの否定的な思いだった。その情報を欠いたまま、いくら今朝の出来事の中にその息苦しい「何か」を探し出そうとしても無理があった。脳裏に今朝の出来事が甦ってきたから息苦しさを覚えた、というよりも、息苦しさを覚えたから今朝の出来事が甦ってきた、という方が正解だった。とはいえ、今朝の出来事の中にも、自分を息苦しくさせた要因がないではなかった。「自己」は正確に、今朝のわたしを第三者を見るように客観視し、わたしの中の微妙な誤魔化しと怠慢を冷静に観察していたのだった。

　まずわたしは、流しで湯たんぽに熱湯を入れていたあの時、湯たんぽを作る前にこのお湯で、お袋の手をピンク色になるまで温めた方が早く眠りに就けるのでは、とかすかに思った。面倒くさかった。さらにまたその時、足元に湯たんぽをもう一つ入れてやれば、お袋はさらに速やかに眠ることができるのでは、とも思ったが、これも面倒くさかった。面倒くさがらずに二つともに丁寧に対処していれば、お袋は熟睡でき、もしかしたら便失禁はなかったかもしれなかった。工藤さんの怒りの疑惑も防げたかもしれなかった。

　それからお袋の臀部をお湯のシャワーで洗い流したあの時、わたしはお袋の股間を覗き見ることができず、背後からおおよその見当で臀部にシャワーを浴びせた。ゆえに股間に便を残してしまったらしい。また同様に羞恥心からわたしは、下着の長袖シャツの汚れを丁寧には確認しなかった。どこかわたしの中に、長袖シャツには便の付着はないものと思い込もうとしたところがあった。あれば着替えさせねばならず、わたしには、お袋の胸部にも股間と同様のこだわりがあり、まだ一度も、お袋の下着のシャツを脱がせたことがなかったのだ。こんな羞恥心など、これからの介護にはまったく無用なことだった。この羞恥心さえなければ、これも工藤さんの怒りの疑惑を防げたかもしれなかった。

それからインフルエンザのこと。インフルエンザへの疑いをまったく抱かなかったわけではなかった。そして、風邪をこじらせたかもしれない、とは確実に思った。医者に連れて行く面倒を思った。けれども施設に任せたのはある意味正解であったとはいえた。施設も介護のプロ集団であり、お袋のことを気遣い、布団に寝かせたり、お袋を医者に連れて行くようわたしに何度も電話を掛けてくれているのだから……。

と、ここまでが、わたしの散歩中、わたしの「自己」が施設の中で抱いた思いだった。そしてこの後の、このわたしの「自己」の行動や働きも、すべてが明らかとなった。散歩から帰ってきてからの山田さんとの電話中には、彼女の思念を頼りに、受話器の向こうの施設へと再度侵入することができ、それからお袋を迎えに施設に行った時も、宮下さん、オバちゃん、姿を見せなかった山田さんや工藤さんたちの思いを受け取ることができた。そして横光クリニックに向かう車の中では、お袋の「自己」から、股間の便の裏話を聞くことができたのだった。実は、この裏話は、山田さんや工藤さんの「自己」らも知らず、お袋の「自己」のみが把握でき得るものだったことも判明した。

あの山田さんとの電話中、わたしの自己は、交差点の車中にいながら赤信号の赤ランプの熱を感じたごとく、受話器の向こうの山田さんの体温や心臓の鼓動を感ずることができ、そして乗っていた車のごとく、施設の建物全体も自身の身体のように感ずることができて、やすやすとまた施設内へと侵入することができたのだった。

この時、事務所内に工藤さんの姿はなかった。工藤さんはホールに出ていた。ホールでは、老人たちが輪投げ遊びに歓声を上げ、椅子に座ったまま輪を投げる老人、立って順番待ちをしながらポールやゴムボールに輪を投げる老人たちがいた。お袋は宮下さんに付き添われ、順番待ちの列にいた。わたしの存在をまた感じ取ったお袋は、もう寝飽きた、とわたしに言った。しかし肉体のお袋の方は、わたしには一瞥もくれず、自分の順番が来ると嬉々として輪を投げ始めていた。そしてそんな様子を遠くから窺っていった工藤さんの中では、さすがにインフルエンザの疑いは消えていた。が、まだネグレクトの方は執拗に疑い、わたしの介護のいい加減さを想像し、意地になって怒っていた。

そしてわたしがお袋を迎えに施設に行ったあの時、工藤さんは、山田さんからわたしとの電話の詳細を聞き、また烈火のごとく憤慨して、わたしと今会ったりすれば、自分が何を仕出かすか分からない恐れさえ覚えてわたしと顔を合わせられずにいた。山田さんも、便失禁へのわたしの対応に不満はあったが、それよりも、お袋の元気な様子を知り、これでは医者に行く必要はなく、このまま定時まで施設で預かっても、とセンター長としての思いに揺れ、迷い、わたしと顔を合わすことをためらい、顔を出せずにいた。宮下さんは、日頃から工藤さんの強引さには反感を持っていて、ネグレクトという判断にも反発を覚えていた。オバちゃんは、施設内では工藤さんに従うのが得策、と計算していた。

そうして、横光クリニックへ向かう車の中でわたしの「自己」は、お袋の「自己」から裏話を聞かされたのだった。股間に洗い残しの便は少々あったかもしれないが、実はバスに乗ってからも便意をもよおし、我慢できずに新たに排便してしまったらしいのだ。紙オムツを穿くようになってから一年少々、昼間にオムツを汚すことはほとんどなく、夜中に尿失禁があるくらいだった。便失禁の方は、以前にも下着のショーツに二、三度、少量の硬い便を漏らしたことがあったが、しかし今回のような多量の普通便の失禁は初めてだった。お袋は若い頃から、一週間程度続く便秘は普通にあり、しかし一度便が通ずると、三、四日は、日に何度も排便が続くらしい。そしてこれ以降は、次第にトイレで排泄する意味が曖昧となり、毎日何度もオムツ交換をしなければならない段階へと移っていく、という情報もお袋の「自己」から与えられた。さらなる修行が待っていたのだ。わたしもお袋も、いつまでもオムツ交換に恥じらってはいられないのだった。

山田さんも工藤さんも、今日の便失禁は一回のみ、と思い、わたしの今朝の悪戦苦闘を知らない。電話で、今朝便失禁があったとわたしから聞いた山田さんは、では便失禁を知りながらなぜその処置を怠ったのか！　と訝り、そしてその辻褄の合わぬわたしの発言を、彼女の剣幕に気圧され狼狽したその場しのぎの言い訳、と解釈し、わたしのいい加減な介護態度がこれで確認できた、と山田さんは思った。加えてわたしという人間が、インフルエンザの親を医者に連れて行こうともしない息子であることも判明した、と思った。山田さんはそうして、すぐにこの電話の内容を、ホールにいた工藤さんに事細かく伝えたのだった。この時、工藤さんは、輪投げに興ずるお袋を見ていた。だからインフルエンザの疑いは消えていた。しかし便失禁に対しては、やはりそうだったか、と確証を得ると、母親の便失禁を知りながら、そのままバスに乗せてしまった息子の腐った根性に、片頬をピクピク引き攣らせずにはいられなかった。

お二人に、今朝の最初の便失禁、わたしの悪戦苦闘ぶりを知っていただければ、わたしへの疑惑は払拭されるように思えた。問題解決の糸口が見えてきた。まずは手紙に、医者の診断結果の報告に加えて今朝の出来事の詳細を書き記し、連絡帳に添付しようと思った。

つい数分前の、赤信号で停まる直前の、お二人との気が滅入るような関係悪化が、じわりじわりと解消していく様子が予想できた。ありがたかった……。

「おしっこがしたい」、と助手席のお袋のガラガラ声。

「?…………」

そうだった。赤信号で停車したあの時、一番初めにお袋の尿意に気付かされたのだった。お袋はクリニックに向かっている時から尿意を覚えていた。トイレの場所が分からなかった。お袋なりの妙な遠慮があった。羞恥心もあった。

「もうすぐウチに着くから、我慢しろよォ！」

「…………」

「漏らしていいよォ」

了

トトトッと

一

ある冬の日のことだった。

朝、いつもの六時半ごろ、お袋の部屋の襖を開けた途端、まさか、と思う尿臭がした。部屋の灯りをつけると、お袋が、だれだろう？　という顔をして、布団の中からこちらを見上げ、怯えるような警戒の視線を向ける。血圧を測り、体温を測り、異状なく、お袋はまた警戒を忘れて眠りに落ちていた。布団をめくると、やはり防水シートに尿漏れの滲みが……怒りに似た感情が湧いてきた。が同時に、いけない、いけない、と自分をたしなめていた。

尿を漏らすのは今のお袋の仕事だった。お袋が悪いのではなかった。自分のせいだった。今日は皮膚科への診察日で忙しく、ヘルパーさんも来る日でもないので、朝の介護仕事に余計な手間を増やさぬよう、前の晩に交換したパッドを夜中にもう一度交換して、パッド容量オーバーの尿漏れを用心深く防いだつもりだったのだ。いつもは廊下をトイレまで連れて行き、便座に座らせパッド交換をしていたが、夜中でもあり、寒く、面倒くさく、お袋を布団に寝かせたままでパッド交換をした。ヘルパーさんの仕事ぶりを参考にし、寝かせたままの交換は、いままでに二度経験していて、今回が三度目だった。しかし今回は失敗した。夜中にわざわざ交換する必要などなかったかもしれない。

お袋を布団から起こすとき、お袋の両膝にこちらの両膝をあてがって、テコの原理を利用して、両腕でお袋の両腕を引っ張って、立たせ、「さ、起きてくれよォ」と目覚めを促した。そして、腕を背中に回してポンポンと叩こうとして、慌ててその手を止めた。パジャマの背中が濡れているはずだった。防水シート、パジャマから肌着、ズボン下まで、すべてを洗わなければならなかった。これが余計な手間だった。気持ちの切り替えが必要だった。

「大丈夫だぞォ、大丈夫だぞォ」

と本気になって、まだ半分眠っているお袋を思いやり、自分をも叱咤激励し、目いっぱいの笑顔と優しさで、ゆっくりとお袋の手を引いてトイレへと廊下を行った。

演技は内面から本気にならないと効果がなかった。演技が内面の心情に変化を与え、その微妙に変化した心情が、本気の自然な言動へと自分を誘導していく。私は、病の母親を思いやる心優しい息子になりきろうとした。

クツ下は濡れておらず、お袋がまた、クツ下で廊下を滑った。お袋の両手を引きながら、向かい合って廊下を歩くとき、お袋は体重を後ろに踏ん張って、よくクツ下で廊下を滑り、なかなか自力では歩こうとしない。抵抗しているのか、歩くのが怖いのか、遊んでいるのか、横着をしているのか、よく分からなかった。そこで私はまたいつものように、急に、勢いよく両手を引っ張って後退した。お袋はおどろき、前のめりになってトトトッと走るように歩く。するとこちらは急に立ち止まり、しかしお袋がまた後ろへと踏ん張らないよう、すぐにまた勢いよく両手を引っ張って、お袋をトトトッと前のめりに歩かせる。このトトトッを、いつも二、三回やる。自力で歩くよう促すつもりもあった。眠気を覚ます意味もあった。遊びでもあった。

その遊びの部分にお袋が反応した。満面の、口元をすぼめてひょうきんな笑顔で応える。お袋の隠れた性格だった。私も笑顔を返したが……お袋のその笑顔は、病ゆえに一〇〇パーセント純粋で邪気のないものに違いなかった。が私のは正気であるがゆえに計算がありい……いやいや、それでも五〇パーセントぐらいの本気の笑顔にはなっていた。あとの五〇パーセントは、これからの段取りを考えていたからだ。まずお袋を便座に座らせ、着衣の全部を脱がせ、外出用の衣服に着替えさせ、それからお袋を部屋へと戻し、椅子に座らせておき、その間に洗濯機を回し、朝食のお粥を作り、そして食事の介助、髪をとかし、歯を磨き……皮膚科は混むのでなるべく早く家を出たかった。できれば洗濯物はすべて片付けて、干してしまいたかった。

やはりパジャマも肌着も濡れていた。お袋の下半身の着衣をひざ下まで降ろし、便座に座らせて、私はその間に家の中を駆け回ってお袋の着替えの衣服を用意した。便座に座るお袋は従順だった。こちらの優しさと思いやりの姿勢の効果、と思った。怒りや焦りなどのネガティブな感情は禁物だった。ネガティブな感情は、介護仕事をますます厄介にし、悪循環へと陥り、あげく、とんでもない事態を招いてしまうのだ。

二週間前のことだった。

夕食の準備のその前に、お袋の部屋の襖を開けて様子を窺うと、いつもと違う臭いがした。椅子に座らせておいたお袋の表情が、どこか落ち着きがない。これは便臭、と思った。誰もが毎日排便するわけではない。ところがお袋の便通の周期は、かなり便秘気味で、十日から二週間ほどの間隔を置いて、そのあと数日間排便が続く。いつもはデイサービスで摘便してもらい、二週間ごとにお世話になっているショートステイでは下剤で排便を促していた。便コントロールは、おおよそ上手くできていた。しかし、こういう日もある。

私は優しさと思いやりの態勢に入っていた。まず余計な上着は脱がせ、パジャマとベストのみにした。そしてその時、陰洗をやってみよう、と思った。お袋をまた、椅子に座らせた。お袋はもう、じっと立っていることができず、すぐによろけてしまう。以前は風呂場に立たせて股間をシャワーで洗い流していたが、今はトイレのウォシュレットでなんとか処理していた。完璧な処理ではなかった。ヘルパーさんの仕事ぶりを参考に、それまで二度ばかり陰部洗浄にも挑戦していた。これも完璧にはいかなかった。ヘルパーさんが、私たちにも完璧にはできません、と言ってくれた。しかしすべては慣れだった。尿失禁、便失禁の処理にも初めはかなり抵抗があった。お袋の裸にも抵抗があった。でも慣れた。最近はもうビニール手袋なども使わず、ほとんど素手で処理するまでになっていた。しかしさすがに陰洗は素手ではできず、ビニール手袋を用意し、バケツにぬるめのお湯、タオル、ウェットティッシュも用意した。ところがお袋をトイレまで連れて行くと、予想外の出来事が起きた。紙オムツをひざ下まで降ろすと、軟便だった。そしてその軟便が漏れて、お袋の左太ももにベッタリと付着してしまっていたのだ。焦った。落ち着こう、と思った。トイレットペーパーのホルダーをカラカラ回し、便座に座るお袋の左太ももを拭おうとした。するとお袋が、両手で私の、その拭う右手を握った。必死に握ってきた。私は左手でお袋の片方の右手を握り返して、力ずくで剥がし、振り払った。その振り払われたお袋の右手がトイレットペーパーのホルダーに当たった。お袋が、ウッ、と声を漏らし、痛がり、私の便を拭う右手が解放された。お袋の手も、私の手もセーターまでも、便まみれになった。私はまだ素手だったのだ。バケツのお湯でタオルを絞り、お袋の手を拭い、私も手を洗ってビニール手袋をはめた。陰洗はまだこれからだった。まずウォシュレットを使った。それから股間のその水滴を拭おうと、お袋の両腿の間からトイレットペーパーを持つ右手を入れようとすると、お袋がまた、両手で強くこちらの右手首を握ってきた。私は、カッとなり、お袋のその両手を力いっぱい振り払い、そしてビニール手袋の右手で、お袋の頭を引っ叩いていた。しまった、と思った。過去二度の陰洗のときも、お袋はこちらの腕を両手で握ってきたが、うまくかわすことはでき、自制できた。笑顔と優しさと思いやりだった。お袋は、女のヘルパーさんの腕も同じように握って抗う。しかしその抵抗の強さは、若干異なっていたように思う。

翌朝、ヘルパーさんが、お袋の右手人差し指の付け根に血の滲んだガーゼが貼ってあるのを見つけ、これは？　と訊くので、私は、ありのままを話した。しかし頭を叩いてしまったことまでは言わなかった。

お袋の頭を殴ったのは数年ぶりだった。これで三回目だったように思う。本当は、よく覚えていない。数年前までは、まだお袋は憎まれ口を利き、私の顔の前に顔を突き出して「さあ殴れ、殴れ、殴ってみろ!」、と挑発する元気があったが、今はもう、言葉もろくに話せない幼児になってしまっていた。母親を殴る息子もサイテーだが、幼児を殴る大人もサイテーな人間だった。人に言えないようなことばかりだった。「いま、ここ」にのみ生き、考えず、振り返らず、記憶に残したくない思い出したくない、という気持ちが常に働いていた。今も働いている。

二

一年三ヶ月前のおととしの十一月、私は大腸癌の手術をした。ステージⅢbだった。五年生存率六〇パーセントらしい。つまり五人に二人は五年以内に死ぬという。しかし医者に癌と宣告されたとき、何故かワクワクするものがあった。映画監督の大林宣彦氏が「徹子の部屋」で話していた「癌と宣告されて、嬉しかった」という発想に近いかもしれない。母親の介護が自分の人生のメインイベントと思っていたところ、そこに癌が加わったのだ。なかなか味わえない人生が企画されていたのだ。意気に感ぜずにはいられなかった。

初期症状らしき兆候はいろいろあった。背筋や腹部の痙攣、尿の出が悪くなり腹痛もあって前立腺の病を疑ったが、陰性だった。下血もあったが、もともと痔を患っていたので兆候とは思わなかった。そして、これはおかしいかも、と消化器科を受診する気になったのは、下痢だった。下痢が二、三ヶ月も続き、普通の便が出なくなった。しかしそれでも大した病とは思わなかった。夜中に二、三度起きるのが習慣となっていて、そのたびに氷で割った薄めの焼酎を多量に呑み、ゆえに腹部が冷え、胃腸が多少疲れているのかもしれない、などという程度に思っていた。夜中に独り起きて呑むのが、楽しみにもなっていたのだ。

しかし本来、二階に寝ている私が夜中に二、三度起きるのは、階下に寝ているお袋の様子を窺うためだった。以前のお袋は、夜中にトイレに行こうと床を出るが、便器を前に、どうしていいのか分からず失禁していたらしい。そして部屋に戻っても、毛布や布団を掛ける意味も分からず、一階をウロウロし、そのたびにオムツ交換をしたり風呂場へ連れて行ったりした。風呂場で股間の便にシャワーを浴びせていると、「なにするだね！」とお袋が私を怒る。もう便失禁をした自分を忘れていた。そしてそのうち「だれっ！」とシャワーを浴びせる私を睨み、拒絶する。私が息子であることも分からなくなっていた。そうしてお袋は、「息子にいじめられた」と泣きながら親戚に電話していたらしい。酒でもあおらなければ、とても眠れなかった。

しかし私の手術後すぐの、去年の正月を境に、お袋の夜中にトイレに起きる回数が徐々に減ってきた。そして季節が暖かくなり、いつもは夜が明けきらぬうちからの徘徊が始まるころ、お袋はまったくトイレに起きなくなった。起きられなくなった。自力での歩行が困難になったのだ。あとから思えば、私の癌のせいだった。

また、同じく去年の正月からは、食も急に細くなった。お袋の夕食を作ったあと、お袋の枕元にある小さなテーブルに箸やスプーンを添えて、散歩に出るのが私の日課だった。しかし散歩から帰ってみると、食べ残していたり、まったく箸をつけていなかったりした。痩せの大食いで、出されるものはすべて平らげていたお袋には考えられないことだった。食欲があるうちは、まだ生命力がある、というのが介護に携わる人たちの共通する認識だった。いよいよなのかな、と思った。

しかし、勘違いだった。お袋はどうも、食べる方法が分からなくなってしまったらしい。あるいは、食べる意味そのものが分からなくなってしまったのかもしれない。それから食事の介助が始まった。飲み込む嚥下能力が落ち、むせて誤嚥も多くなって、お粥のような食べやすいものが主となった。しかし相変わらず食欲の方は旺盛で、いつも完食していた。眠たいときなどは、こちらがスプーンを差し出すと、眼を瞑りながら口だけをパクパク開けて食べた。お袋はひたすら可愛い人になっていった。次第に言葉を失いつつあり、「それでね」「だけんね」「どこに、あったっけ?……」などという前後の脈略のない発語ばかりとなり、言葉を覚えたての幼児のようになった。言葉を覚えたての幼児は、次第に、憎まれ口を叩くようになって、憎らしい子供へと育っていくが、お袋は進行方向が逆だった。成人女性から、倫理観の怪しい憎まれ口を叩く思春期の女、少女、幼児、嬰児、胎児となって、やがて動物へとなっていくのだろう。

寝床から起き上がることも、一人で食事することもできなくなったのは、病の自然な進行経過には違いなかった。が、その進行が加速されたのは、間違いなく私の癌治療の影響だった。十一月の手術の時はもちろん入院し、十二月から始めた抗癌剤治療は、基本的には通院ではあったが、初めての抗癌剤点滴の時は用心のためか二泊三日の入院をさせられた。そしてその間お袋は、ショートステイに預け、正月になって久しぶりに自宅へと帰ってきた。それからの歩行困難と食事の介助……。

抗癌剤治療は、予想外に過酷なものだった。主な治療としては、三週間から五週間に一回の抗癌剤の点滴を、一年以内に八回しなければならなかった。私は八月までかかった。派手な苦痛はそれほどなかったが、ジワジワと精神的にも肉体的にもダメージが蓄積していった。点滴後しばらくは、何を食べても不味く、四六時中吐き気をもよおし、そしてようやく食欲も出てきて、心地良い気分になって落ち着きだしたころ、また点滴を打たなければならない日が来る。点滴の日の前の晩、また明日から始まるのか、と憂鬱になった。いつになったらこの不快感から脱出できるのか、と時間的閉塞感を覚え、閉所恐怖症ならぬ閉時恐怖症に襲われた。そして点滴の日は、車の運転は禁止された。点滴を打った腕が一日か二日、硬直して曲がらなかったからだ。

その点滴をしたばかりの、ある凍るような寒い日、大丈夫だろう、と思って散歩に出ると、途中で両手両足が硬直し出し、歩けなくなってしまい、このままでは危ない、と本気に思って、這うようにして家に帰ってきたこともあった。ために、毎回点滴後は十日間ほど介護が……できないことはないかもしれないが……困難と思い、その間お袋をショートステイに預けることにした。すると、ある時ショートステイから、お袋の足がむくんでしまい靴が履けなくなった、と連絡があった。病気か？　と思った。しばらく理解できなかった。しかし、足のむくみは運動不足のせい、ということが分かった。信じられなかった。ショートステイなどの施設は、預かることが主目的であり、健康を保ち増進させるようなことは、あまり重視されないところだった。施設に預ける、ということはそういうことだったのだ。

癌の手術前は、デイサービスへ行く日以外は毎日、お袋をスーパーの買い物に連れて行き、カートを押させた。ときどき行く日限地蔵尊への参拝には、わざわざ遠くの駐車場に車を停めて、参道を歩いて運動不足を気に掛けていた。寝たきりとならぬよう、というお袋のためであり、介護する自分のためでもあった。

今でも二週間に一度、金・土・日の二泊三日、ショートステイにお世話になっている。便コントロールの意味もあったが、ケアマネが、私の体調を気遣ってアレンジしてくれたものでもあった。

デイサービスで働くある女の子が言った、「短期間でもショートを利用すれば、微妙ですが顕著に、老化が進みます。みんなそうです。でもデイに通っているうちに、その老化も次第に持ち直していきます」と。確かに、と納得するものがあった。

町内に住む幼馴染みの男が言った、「お袋さんを施設に預けてしまっても、誰も何も言わないぞ」と。彼ら夫婦は、母親を亡くす前、施設に預けて介護を任せてしまう、という決断をしていた。後悔があるのだろう。明日は我が身かもしれない。

三

皮膚科の駐車場は満杯だった。と思いきや、ありがたいことに、身体障害者用の駐車スペースが一つ空いていた。お袋はもう、一人では車の乗り降りはできない。これも去年の正月を過ぎたころからだった。手足の向きや位置を変えることさえ自分の意志ではできず、こちらに任せきりになった。車から降りるときは、家の廊下をトトトッと遊ぶ時のように、両手でお袋の両手を引っ張って助手席から降ろす。お袋の手袋の下の手が、強く私の手を握り返してくる。

介護するようになり、お袋の素手の感触を初めて意識するようになった。その感触は子供のようであり、女であり、やはり母親でもあった。数年前、東京から遊びに来た友人夫婦と御前崎の灯台に行ったとき、奥さんにお袋の世話を頼んだ。繋いでいた手が離れると、お袋の手の方から求めて、握り返してきたという。妙な気持ちになり、でも可愛かった、と彼女は言った。町内の老人仲間の女の人が揶揄《からか》うように、私にそっと呟いた。父さんが生きているうちは父さんに甘え、父さんが死ぬと今度は息子に甘えている、と。お袋の握り返してくる手は、頼る、というより、求めてくる、に近かった。

案の定、待合室は診察を待つ人でいっぱいだった。お袋の両手を引きながら受付のカウンターまで行き、お袋が倒れぬよう身体を片腕で抱えながら診察券を出し、振り返って待合室の空席を探すと、一番後ろの窓際のコーナーが空いていた。通路を通るとき、何人かが立ち上がって席を譲ろうとしてくれたが、ありがとうございます、と頭を下げながら、一番後ろの陽当たりのいい席までたどり着くことができた。

席を譲ろうとしてくれた人たちの気持ちが嬉しかった。他に通院している病院でも、みなさん親切にしてくれる。私は、一番後ろの陽当たりのいい席に、お袋と身体を寄せ合って座りながら、自分は今、結構幸せなのかもしれない、と思った。癌のステージも、なぜかステージⅢｂからⅢａへと軽度な診断に変更された。まだまだ死ぬのは早いらしい。これから煩悩をくすぐるような、邪悪なご褒美でもあるというのだろうか？　とはいえ今は、抗癌剤の後遺症らしく、全身のいたるところが痛くてたまらない……。

と、そんなことを考えていると、左肩にかすかな感触を覚えた。お袋の頭部が私の左肩に寄り掛かっていたのだ。背もたれのない長椅子なので、お袋の身体が倒れぬよう、私は左手でお袋の手袋をはめた右手を握っていた。寝てしまったのかな、と思ったが、そのお袋の右手が私の左手をしっかり握り返していた。そして二度ほど、小さく鼻をすする音が聴こえた……。起きていて、意識が明確にある、と思った。人目が気になった。が、待合室にいる人は全員が、前方のカウンター内にいる受付の女の子たちの方を向いていて、その受付の女の子たちからは、小さなお袋は座る人の陰に隠れて見えていなかった。

お袋は、隣にいる私をいったい誰だと思っているのだろう、と思った。息子も親父のことも、もう忘れているはずだった。その意味すら分かっていない。ただ、この私を信頼し、頼り切った安心感の中にいることは確かなようだった……。

胸に込み上げてくるものを覚えた。しかし涙はみっともなく、私は必死に自分を抑え付けていた。

了

#「愛」とは？

――もう一人の相棒――

肝臓に、癌の転移が見つかったのは、お袋が亡くなってから四ヶ月後のことだった。

三年半前に大腸癌の手術をし、それ以後は三ヶ月に一度の血液検査、半年に一度のＣＴ検査、そして年に一度は大腸の内視鏡検査も受けていた。これらの検査は、術後五年間は続ける予定になっていたが、すでに三年半も経ち、私としてはもう、体内の癌細胞はすっかり駆逐され、癌とは無縁な肉体となったものとばかり思い込んでいた。それが今回、診察室へと入ると、いつものように若い主治医がパソコン画面を見つめていて、それから私の方へ視線を移すと、なんのためらいも見せず、癌の転移という検査結果を告げた。三ヶ月前の血液検査では異常なかったが、今回は、腫瘍マーカーの数値が基準値を超え、ＣＴ検査の画像にも、前回の六ヶ月前には何も映っていなかった肝臓に、影が見つかりました、と。

前の大腸癌の時には、別の開業医ではあったが、癌を告知され、自分は癌をネガティブに捉えることなくポジティブに捉えることができた。母親の介護に加えて癌というさらなる試練が与えられたのだ。神は耐えられぬほどの試練は与えない、という。ならば自分は、この程度の試練などではへこたれず、さらなる霊的進化さえ期待され、そして私の魂も、自ら果敢にこれらの挑戦を企画してこの世へと誕生してきたのだろう、と解釈して、自分を鼓舞し、意気に感ずることとさえできた。が、今回は、胸に微妙な憂いと不安を覚えた。いやな感じがした。なんだろう？　と思った。やはり本音は死が怖く、死にたくない、と無意識の奥の方ではそう思っているのかも、などと思わないではなかったが、しかしスピリチュアルな発想に目覚めてからの私は、ちょっと違う解釈をするようになっていた。自分の背後の存在たちはいったい何を企んでいるのだろう、と、まず思い、それから、今生の生きる目的と思われる、お袋をあの世へと見送るという使命を終えてしまった今なのだから、もう自分の肉体は用済み、ということなのか？　などと思った。

しかし輪廻転生、魂は永遠に生き続ける。用済みとなった肉体は潔く脱ぎ捨て、いったんは本来の住処である居心地の良いあの世へと帰還して、英気を養い、そうしてまた時期が来れば、魂の進化を求め試練を求め、欲望渦巻くこの世という不自由な物質世界へと、異なる肉体の衣を身にまとって舞い戻って来るのだろう……これがこの世とあの世の仕組みだった。そしてわれわれ人間のけなげな命の旅だった。覚悟はできているはずだった。

しかしなぜか今回の告知は私を、微妙にネガティブな気分にさせていた。いやな予感がした……いや、しかし、癌は大きな病であり、人生の中の重大事である。であるがゆえに、あらかじめ生まれる前に、自ら予定して決めていたはずのものとは思うのだが……。

この癌の告知が四月末、そして若い主治医は、手術は六月に入ってからにしましょう、とまた、こともなげに快活に言った。それから、MRI検査、エコー検査、ペットCT検査などなどの手術前検査がはじまった。今回は癌が肝臓にあるがためか、それとも転移性であるがためか、前回の大腸癌のときよりも、はるかに多い種類の検査を受けた。

そしてその中のMRI検査で、ちょっと気になることが起きた。この検査は、前回は確かなかったはずで、はじめて受ける検査だった。そのMRI検査の前に、問診表のチェックがあり、閉所恐怖症の有無という欄に、思わず私の手が止まり、躊躇しながら有の欄にレ点を入れた。いやな記憶が甦ってしまった。大学卒業後の引っ越しのアルバイトのときだった。トラックの後ろのコンテナ内に、荷物と一緒に数人の学生アルバイトと乗せられ、外からカギを掛けられたことがあった。行き先も告げられず、このまま何時間閉じ込められるのかも分からず、不安を覚え、落ち着かず、これでは自分の意志では外に出られない、と自由を奪われた拘束を思い、そこに意識が捉えられ、私は自意識過剰の恐怖におそわれた。すると途中、トラックが停車し、運転席の横の助手席に座っていた同じアルバイトが外からガチャリとカギをはずし、缶ジュースの差し入れをしてくれた。私は思わず必死に助手席への交代を懇願していた。その時いらい私は、自分は閉所恐怖症なのだな、と自覚させられた。

ＭＲＩ検査の係員も、心得ていた。「耐えられなくなったら押してください」と私の手に、コールボタンを持たせてくれ、それから私の腰辺りに固定のベルトを巻き、顔の額にもベルトで固定しようとして、「どうします？　ベルト、ゆるめますか？」と訊いてきた。これは、余計な心遣いだった。思わずこちらの意識が、閉所という空間のほかに、不自由な拘束を受ける腰と額という新たな対象を自覚させられてしまっていた。閉塞感を誘うのは、何も空間ばかりではなかったのだ。腰や額も意識を向ければ、不自由な拘束を覚えるのだった。いやな発見だった。

とはいえ、なんとか三十分間、ＭＲＩの狭い空間も腰も額も我慢することができた。検査の係の人にお願いし、盛んに声掛けなどしていただき、こちらの気を逸らせたり、紛らわせたりしていただいた。

今回のネガティブな憂いや不安の原因は、もしかしたら、この恐怖症かもしれない、と思った。私の背後の存在たちの心配を、私の脳がネガティブな思いとして受信したのかもしれなかった。そしてあるいは、彼らは敢えて私に試練を与え、私の内なる魂に協力しているのかもしれなかった……しかし、なにゆえの試練なのか？……。

私には、もう一つ心配があった。妹のことだった。妹とは、お袋が亡くなったあとも、相変わらずぎくしゃくした関係が続いていた。

前回の入院のとき、お袋はショートステイに預け、病院には妹に付き添ってもらった。そしてほとんど毎日、下着などの洗濯物の交換のため、妹は病室に顔を見せてくれた。しかし妹は、なぜか不機嫌そうにしていることが多く、ある時、私と若い看護師さんたちとのベッド周りの冗談話の最中、何が気に入らなかったのか、妹は急に、えらい剣幕で怒り出し、席を立ち、わけも分からず病室を出て行ってしまった、などということが一、二度あった。若い看護師さんたちは、驚き、ビビり、萎縮してしまった。わけが解らなかった。私はその時、妹は冗談をそのまま真に受けてしまう性格なのかな、などと解釈していた。

また以前、横浜の亡くなった弟の嫁さんである義妹から「義兄さんと義姉さんの二人は、仲が悪い」と電話で聞かされ、親父が亡くなった頃からの不仲な様子、とも知らされた。義妹が何を言っているのか、さっぱり解らなかった。自分では、仲の良い兄妹とばかり思い込んでいたのだ。しかし、そういえば、と思い返してみると、初めて、あれも、あれもと思い当たるようなことが、いろいろあった。親戚の人たちのわれわれ兄妹の仲をいぶかる妙な言動、そして妹と私との、ある共通の知り合いの女性の「仲直りしたの？」と私の顔色を見、あわてて視線を逸らせた不可解な表情、などなどが浮かんできた。そうしてさらに、これは長年ずっと訝しく、あれはいったい何だったんだろう？　と思い続けてもいた親父の一周忌での従姉妹二人の挙動不審な態度があった。墓石の前で二人の従姉妹が、お袋の両側からお袋の肩を抱きながらじっと無言で、私を睨み続けていた。わけが解らなかった。また街の飲み屋のカウンターで、隣に座った客に「ああ、アンタかァ！　親を泣かしてるってのはァ」と言われたこともあった。そうして、それらの人たちの不可解な言動や反応の一つひとつの点が、後日、次第に、おぼろげな線で繋がって行くように思えるようになって、もしかしたら、よくお袋が泣きながら妹に電話してきたと、そう妹自身が私に漏らしていたことが原因となっているのでは、という疑惑に収斂していった。

妹の店の仲居たちの私に対する不快な態度も、その意味での表れかもしれなかった。妹はそして、いまだに私へのその疑惑を払拭できずにいるのでは、と私は思った。そこで私は、新任のケアマネの三浦さんを頼り、妹に、認知症の初期症状の説明、とくに泣きながらの親戚や知人への電話は、その顕著な症状の一つであって、患者をめぐる身内に起こる典型的なトラブルの元となっていることなどを説明してやってほしい、とお願いした。律儀な三浦さんは、妹の店に出向いて懇切に実行してくれた。女同士であり、率直な話し合いを期待した。しかし妹は、動揺をかなりあらわにしながらも、お袋からの泣きながらの電話などない、と否定したらしい……三浦さんにお願いしたこの件は、三年ほど前のことであり、私がまだ前回の、大腸癌手術後の抗癌剤治療中のことだった。しかしその後も、多少の関係改善の兆しはあるものの、もともと妹には、私の生き方そのものへの否定的な思いがあるがためか、微妙な私への抵抗はずっと続いてきたようには感じられた。

ゆえに今回の妹の付き添いには、躊躇があった。しかしこの躊躇は、現実を直視しようとしたくない私の、感情からきている思い以外の何ものでもなかった。親父が亡くなってからの十数年、お袋の介護中心の生活、ということもあったが、私にはその間にお付き合いした彼女もなく、今もなく、一応頭の中で、親戚・知人の女たちを思いめぐらせてはみたものの、妹以外に声を掛けられる立場の人のいるはずがなかった。ネガティブな姿勢を選択すればネガティブな現実しか生まれず、ポジティブな姿勢を選択すればポジティブな現実が創造できるはずだった。自分をコントロールする必要があった。

そして十日ほどが経つと、背後の存在たちの協力もあったのか、にわかに妹に乞うるような思いに駆られ「付き添ってくれないか」と、私は癌の転移を告白しながら切なる思いで妹にお願いしていた。そして妹の方も「もちろん、ワタシが付き添うよ」と真摯に気遣うように応えてくれた。

そして手術当日、もちろん全身麻酔で、予定では四、五時間の手術となる、と主治医は言っていたが、結局午前九時から夕方六時ごろまでの九時間に及ぶ手術となった。「大手術だった。大手術だった」と看護師さんたちが盛んにそう言っていたので、たぶんその通りだったのだと思う。しかし私の方は麻酔をかけられ、すぐ気を失い、すぐ覚醒し、瞬時の間に手術は終わっていた。妹は、その間、ナースステーションの前のホールのソファにずっと座って待ってくれていたらしい。

それからが大変なことになった。眼を覚ますと私はベッドの上で、全身のいろんなところに注射針が刺され、チューブが何本も延びていた。そして片方の鼻の穴にチューブが挿入され、それが胃袋まで届いている、と知ると、瞬間、私は気が狂わんばかりのパニックに襲われた。閉所恐怖症からくる拘束感のせいだった。鼻の穴のチューブに手を触れ「これを抜いてほしい！」と周りの人に懇願した。そして私は、ベッド脇にいた妹の手を握りしめ、その手首と肘の間の前腕部分を拝むように捕まえて「死んだ方がましだ。これじゃァ、死んだ方がましだ、殺してくれ！」と叫んでいた。それから主治医が呼ばれた。そしてその若い先生は、ベッド周りにいる看護師や当直の医師らしき人たちに、何やらチューブの意味らしき説明をし始めた。「やめてくれ！」と私は大声で叫んだ。今のこの自分の状態・状況など聞きたくなかった。そんなところに意識を向けられたくはなく、自意識から解放されたかった。「もう！　説明はやめてくれェ！　たのむからやめてくれェ！」と私は狂ったように叫び続け、そしてその間も私は、妹の前腕を力いっぱい両手で握りしめ、妹にすがって「たのむ、たのむ、たのむ」と言い続けた。私には、それからの数時間の記憶がまったくない。麻酔をかけられたのかもしれない。そして気が付くと、妹はいず、私はひとり、薄暗い病室のベッドの上で、鼻にチューブ……いたたまれない気持ちになって私は、ナースコールを押していた。若い、はすっぱな女の子が来た。どんな会話をすればいいのか、悩んだ。でもそれが、少し気を紛らせてくれた。「鼻のチューブを抜いてしまったら、どうする？」と訊くと、彼女は「両腕をベッド脇に縛り付けます」

と答える。閉所恐怖の意味も、なんにも分かっちゃいなかった。ちょっと言い合いのケンカとなり、彼女は出て行った。でもこちらの気は紛れた。でもすぐにまた鼻のチューブに意識が行き、次にナースコールを押して現れたのは、男の看護師だった。パニック状態の時のおぼろげなる記憶が甦ってきて、「オレ、何をした？ なんかヘンなこと、言った？」と訊くと、「大丈夫でしょう？ 少なくともわたしの耳には入ってきていません。大丈夫でしょう」と実直そうに答えた。そして三人目は、少々美人の年増の看護師だった。パニックのピークは過ぎたようには思えるが、まだまだ不安定な精神状態にいた。相手は妹ではないが、手を握る安堵感を想像し、鼻のチューブを忘れたかった。「手を、握っていいかな」哀願するように、切実な表情を見せて言った。彼女は笑顔で、手を差し出してくれた。先ほどの私のパニックを承知しているのだろう、と思った。妹の時のように、きつく握った。でも前腕までは握れなかった。遠慮があった。その自身の遠慮が自分の気を楽にしてくれた。しかし彼女の手が、私の手の中で逃げ始め、そして私の手を拒んで「ご家族の人、呼びましょうか？」と彼女。これでは私は変態だった。「呼んでくれ」私はうなだれた。もう夜中の一時か二時頃だった。それ以後の記憶がほとんどない。麻酔をまたかけられたのかもしれなかった。途中、まぶたがおぼろげながら開き、ベッド脇に妹の横顔があり、年配の看護師さんと会話しているような様子が見えた。もう妹の手を握る気持ちは失せていた。パニック時の激情もなかった。疲れ切っていた。すぐにまた私は、眠りに落ちていった様子で、それからもう一度、妹が帰ろうとする素振りが薄目の向こうに見えて、年配の看護師さんが私の方を見やって「大丈夫かな？」と笑顔で心配する様子があった、それからまた私は、睡魔の中に沈んでいった。

そして翌朝の午前九時頃、病室に若い主治医が現れ、鼻からチューブを抜き取ってくれた。前日午後六時から、十五時間の苦闘だった。精神的ダメージはかなりのものがあったように思う。

妹の手を握ったのは、子供の頃のことは覚えてないが、大人になってからはたぶんこれが初めてだったと思う。妹は、女将として店を仕切る一方、掃除も小まめにこなしているらしく、手の感触としては余計な肉はそぎ落とされ、少々硬くさっぱりしていた。看護師さんの手は、その妹とくらべると、柔らかだった。そしてお袋の手はもっと柔らかだった。しかし昔のお袋の手は、今の妹の手よりもはるかに硬く、ごつかった。お袋は、私の祖母である姑の介護を始める前は、若い頃からずっと同じ薬品会社に勤め、ときどき夜も他の工場にバイトに出掛けていて、下働きの労働者然とした手をして、力強く節くれ立っていた。しかしそんなお袋は、怖い姑が亡くなると、タガが外れたかのように、優しい親父にひたすら甘え、自由でわがままな女に変貌していった。そして親父が亡くなり、認知症の症状が顕著となり私の介護が必要となってくると、手はすっかり華奢となり、しかも幼児のようにふくよかに、柔和な心地良い女の手になっていた。トトトッと、とお袋の両手を引いて廊下を小走りに行くとき、車の助手席から降ろすとき、病院の受付で治療費の支払いを済ませて待合室の席に座るお袋に手を差し伸べたとき、お袋の手は、私の手を求めるように追ってきた。そしてY病院では、ベッドの布団の下で私はお袋の手を握り、お袋は握り返してきた。

妹の手を必死に握ったのは、お袋のその手を思い出したからだった。妹にすがりたかった。妹に救いを求め、ぎくしゃくした関係をぶち壊したかった。求めれば、いつかはきっと、そんなこちらの気持ちに応えてくれるに違いないのだった。愛されたかったら愛せよ、である。

スピリチュアルな発想に、「死後の生命」や「生まれ変わり」という代表的な仕組みのほかに、「因果関係の法則」というものがある。「自分が発した感情や言動が、巡り巡って自分に返ってくる」というもので、人に愛されたかったら人を愛せばいいし、人に憎まれたくなかったら人を憎まなければいい。そして「創造的な言動を心掛ければ、自分の未来は、自分の意志と努力によって変えることができる」という。つまり現実とは、自分が創り上げるものだというのだった。妹の付き添いに躊躇を覚え、そしてその躊躇が十日ほどの日時を経ると、なぜか妹に付き添いを乞うるような思いへと変化していき、「付き添ってくれないか?」と私は切なる思いで妹にお願いしていた。私の潜在意識の魂の、導きか、あるいは企みか、そして私の背後の存在たちの何らかの誘導もあったかもしれなかった。また同様に、妹の背後の存在たちの協力や企みや導きも、きっとあったに違いなく、そしてそれらの目的は、たぶん互いの、試練や学びや成長を図るものであるに違いなかった。そしてそこにはもちろんまた、そのひと個人の言動の選択可能な自由意思が与えられていて、期待通りの結果となるか裏切られる結果となるかは定かではないが、しかし二歩後退しても三歩前進するという、遅々たる成長のあゆみが促され、人類、個々人それぞれに霊的進化が期待されているらしいのである。

お袋が亡くなって、もうそろそろ半年が過ぎようとしていた。最初、癌の肝臓への転移の告知にネガティブになったのは、閉所恐怖症の不安を自分の脳が予めキャッチしたのかも、とか、妹の付き添いに不安を覚えてのせいかも、などといろいろ想像を巡らせていたが、しかし最近は、もしかしたらただ単に私が、お袋を亡くして意気消沈していたせいかもしれない、などと思ったりするようになった。大腸癌の告知のときは、私はお袋の介護に一生懸命だった。介護が生きがいだった。死んでなどいられなかった。しかしお袋の死後、葬儀や四十九日、役所や保険金などの手続きに忙しかったが、お袋を亡くした喪失感も確かにあり、ネガティブな気分にならないはずがなかった。友人からのメールの返事に「情けない話ですが『お袋ロス状態です』、家で毎日泣いています」と、冗談めかして書いてもいたのだ。でも本音だった。

二

お袋が入院したのは、その私の癌の手術の二年前の夏、二〇一八年七月二日のことだった。

お袋の平熱は人よりも少々高く、それゆえに免疫力が強いのか、風邪もめったに引くことはなく、インフルエンザに罹ったことなども一度もなく、ましてや入院などは生まれて初めてのことだった。しかしその前年の夏ごろから、朝、三十八度を超える熱が出る日がときどきあった。もしかすると、ここ数年来服用し続けている、皮膚に水疱の出る類天疱瘡の薬のプレドニンという、免疫力が低下するという錠剤のせいかな、などと危惧はしていたが、ヘルパーさんが朝、清拭し、尿漏れの防水シートと交換して、しばらく布団に横になって安静にしていると、いつも迎えのデイのバスが来る頃にはすっかり元気になっていた。そして、たまに熱が下がらず横光クリニックを受診しても「単なる風邪です、すぐに熱も下がるでしょう」と先生は診断してくれた。

そしてこれは、あとから判明したことだが、お袋の寝床の真上に設置してあるエアコンのドレンが詰まり、その水漏れが防水シートを濡らしていた可能性が出てきた。つまり防水シートを濡らしていたのは尿ではなく、ドレンからの単なる水であったかもしれなかったのだ。それでお袋はその前年の夏ごろから、夜中、充分な睡眠がとれずに、熱を出したのかもしれなかった。お袋は、本当に丈夫な人なのだった。

その二〇一八年七月二日の朝、私がお袋の熱を測ると三十八度五分、その後七時半ごろ、ヘルパーさんが来て熱を測っても三十八度二分とあまり変わらず、食欲もなく、仕方なくその日はデイは休んで、妹を電話で呼び出し、横光クリニックに行くことにした。すると先生が、レントゲン写真を見せながら「市民病院への紹介状を書きます」と言う。思わず私は「どうするんです？」と先生の顔を見て訝った。「入院」という予想もしなかった言葉が出、すぐには返事ができず、待合室にいる妹を呼んでもらい、妹に「しょうがないよ、兄さん！」と言わせて、決断を任せた。

そして市民病院の総合診療科で診てもらい「肺炎」と診断され、「誤嚥性の疑いもあります」と医師は言い、入院となった。そして入院直後から、病院側から退院後の処遇について、このまま自宅介護を続けるか施設を探すのかの打診があり、私は迷わず「自宅での介護を続けます」と答え、ケアマネの三浦さんとの相談に入った。普段から、食事の介助には充分な注意を払っていたつもりだった。朝食の介助も、ヘルパーさんたちには任せられず、私一人でスプーンを丁寧にお袋の口に含ませた。嚥下能力の落ちていることは承知していて、お粥が主体だったが、食欲旺盛なお袋は、いつも完食してくれていた。デイサービスでもショートステイでも同様に気遣ってくれているはずだった。

妹は、自宅介護に難色の表情をあらわにし、露骨に不機嫌になった。しかし言葉には出さない。ケアマネの三浦さんは、自宅介護に向けて、介護用ベッドの用意、訪問看護師や、その付き添いの新たなヘルパーさん、デイサービスも変えてくれ、訪問診断の医師も特定してくれた。そして私の方は、市民病院の看護師さんたちから食事介助のレクチャーや唾液の吸引器のレクチャーなどを何度も受け、またリハビリのため、お袋を何度も屋上へと連れて行き、車椅子から立ち上がらせ、両手を引いて屋上を歩かせたりした。まだまだ寝たきりにはさせたくなかった。

こうして新たな態勢での自宅介護が始まった。

七月三十日の午後二時に退院。一日目、二日目は無事介護食を食べてくれた。が三日目の朝食後、お袋の喉がガラガラと鳴り、心配になって喉の奥まで吸引し、ようやく声が元に戻る。午後三時頃、訪問看護師の的場さんが来て摘便。しかしその日の夕食後、またお袋が、喉に詰まりを覚え、ベッドの上で苦しそうに喘ぎ、慌てて的場さんに電話して、家に来てもらい、細長いチューブで肺の奥まで吸引してもらって事なきを得る。四日目は何事もなく過ぎた。しかし五日目も訪看の的場さんが来て、もう一人の付き添いの看護師さんと二人で摘便するが、便の出が悪かったのか、的場さんに、横光クリニックに行って下剤と浣腸液を処方してもらってくるよう言われ、そのとき私が「お袋は、若い時からひどい便秘気味で、二週間周期ぐらいでしか便が出なかったようです」と言っても、的場さんは不機嫌に頭をかしげるだけで応えようとしてくれなかった。何か誤解があるように思えた。次の六日目は、新しく通い始めるデイサービスで、お袋は何も変わった様子はなく一日を過ごしたという。そして七日目の朝、ヘルパーさんが熱を測ると三十八度。すぐに的場さんを呼び、チューブで吸引し、浣腸してもらい、的場さんは「水分不足です」とまた不機嫌に私を睨む。そして八日目の朝も三十七度九分と熱が下がらず、的場さんの判断で救急車が呼ばれ、お袋はまた市民病院へと逆戻りとなった。私は、すっかり自信をなくしてしまった。私の介護力では無理だと思った。「自宅で介護を続ける」と私が言った時の妹の不機嫌は正解となった。

もちろん的場さんと妹の二人の不機嫌の意味は同質とは思えず、的場さんはたぶん、私の自宅介護の姿勢や技量に、妹は自宅介護そのものに否定的だったように思う。しかし的場さんも妹も正解とはなったが、私にとってもその八日間は無駄ではなかったと思いたかった。不正解であったとは思いたくなかった。喉元の唾液の吸引にはある程度の感触を覚えたが、両肺のどちらか奥深くへの細長いチューブでの吸引には自信がなく、手応えも掴みきれていなかった。しかしそのうちなんとかなると思った。なんとかしたかった。電話すれば的場さんが来てくれるのだった。しかし的場さんは、そんな私の危うさを見極め、早々に再入院を決断してくれたのかもしれなかった。

正直、肩の荷の下りた気持ちにもなった。

市民病院に再入院したが、前回とは異なる病棟に入り、患者さんはすべて女性ばかりで、お袋のような肺炎で入院している患者さんもいたが、骨折などで入院している患者さんなどもいて、ほとんどみなさん元気な様子の患者さんたちばかりだった。

そして入院の翌日だった。看護師長さんに、退院後にお世話になるかもしれない「施設案内をお聞きになりますか?」と打診され、一階の受付裏にある「退院支援室」で施設の説明を受けた。通称「特養」という特別養護老人ホームや介護療養型医療施設などの施設の話を聞かされたが、初めて耳にする内容ばかりで、正直あまり明確には理解できなかった。お袋はまだまだ元気そうで、笑顔さえ見せ、施設へ送るのは、お袋を見捨てるように思えて気が重かった、が私の力量では仕方なく、ケアマネの三浦さんに電話し、退院後は施設の方へ、という意向を伝えた。そして退院支援室の方にも連絡したが、しかしどのような施設を選ぶべきか、その決定はまだ早く、今後のお袋の状態を見極め、その様子からどんな種類の施設が最適かを定めて、それから各施設の見学をし、落ち着き先を決めていく、という段取りになるということだった。分からないことばかりだった。病院側の指示に従い、ケアマネの三浦さんに相談しながら進めて行くしかなかった。

すると数日後、看護師長から家に電話があり、お袋に誤嚥があって病室をナースステーション前に移しましたと伝えられ、そうしてさらに数日後には、年配の看護師さんが病室に現れて、先生からそろそろ施設見学を始めるようにという指示があり、退院支援室との相談を、と促された。すると支援室では、お袋は口腔内吸引を日に十回も必要とし、特養への入所は無理であるからと、療養型病院への入院を勧められ、この近辺の四ヶ所の施設を紹介された。そしてなぜか最後に、こう言われた「各施設の見学を終えたら、帰り際、必ず入所希望にサインをしてきてください。これは形式上のものです」と。「ああ、分かりました」とは答えたが、その意味は解らなかった。それからケアマネの三浦さんにお願いして、各施設との連絡を取っていただき、訪問日の日程を整えてもらい、私は妹に声を掛けて、施設へは妹と二人で巡ることとなった。

嚥下能力は歳を重ねれば重ねるほど低下するものであることを考えれば、口腔内吸引の回数は増えることはあっても減ることはなく、病の快方はあり得ず、お袋は重篤な患者となったと判断されたことは間違いなかった。療養型病院とは、快復の見込みのない患者を受け入れる種類の病院であることは容易に想像できた。妹にも、最近のお袋の病状経過、療養型病院の意味などは、一応話して聞かせた。

最初に訪問した施設はデイサービスも兼ねていて、ホールには笑い声も聞こえていた。が、廊下の片側に並ぶ病室は薄暗く、ベッドがいくつか置かれ、その上に横になっているだろう患者の息遣いがまったく聞こえず、付き添いの人も見えず、私は、ここにお袋は置かれるのか、という想像をねじ伏せながら廊下を歩いた。相談員の女性は施設内を歩きながら丁寧に説明をしてくれた。そして帰り際、入院希望のサインの話となり、私が躊躇していると相談員の彼女が「お帰りになって、ご相談されてから連絡していただいても結構です」と言ってくれて、サインはしなかった。

そしてその三日後に見学した二つ目の病院は、大きな総合病院で、別棟に介護療養型の施設があり、その施設を案内してくれた若い相談員の彼が「うちは、延命治療は一切致しません」ときっぱりと、覚悟の自信の表情を見せた。私も普段から、延命治療には否定的な思いがあり、患者がもう無表情で、確実に死につつあるというのに、それでも体中にチューブを差し込んで生き延びさせようとする治療を疑問に思っていた。ゆえに自信の彼の表情に、思わず苦笑して頷き、妹も、肯定的に頷いて、私の顔を覗き込みながら、ここにしようか、というような表情を見せた。入院費用も、紹介された四つの施設の中でも一番安価、と聞かされていた。しかしその病室の雰囲気は、最初に見学した施設よりもさらに陰湿で、ひどかった。

実は私は、延命治療の何たるかを正確には知らなかった。どこまでが延命治療ではなく、どこからどこまでぁたりが延命治療なのか、またその「どこ」が、いったい何なのか、そんな知識など私にはまったくなかった。ただ単に「延命治療」という言葉の響きに否定的な思いを抱いていたにすぎなかったのだ。お袋には、まだ笑顔があった。私がイメージする延命治療にはふさわしくない笑顔があった。

そして、あれは最初の施設を見学した翌日のことだった。私がお袋のベッド脇の椅子に腰掛けると、お袋が、首だけ私の方に向き、それから片側の肩をベッドから浮かして、私の眼を凝視して、布団の下から私の手を握って来た。人目を憚るように布団の下で、二人は手を握り合い、お袋の眼は何かを哀願しているかのように私を見つめていた。

実はこのとき以来私は、布団の中でお袋と手を握り合う快感に目覚めてしまったのだった。あの時お袋は、自分が今、いったいどんな状況に置かれているのか、正確に感じ取っていたのかもしれない。お袋はもう末期の認知症患者であり、肉体の脳の方はほとんど壊れていた。しかし肉体の奥の魂は壊れるはずはなく、あとから思えば、お袋のあの行動は、どう考えてもお袋の自我ではなく、お袋の魂の意思からの行動に思えてしょうがないのだった。そしてその二日後に「うちは、延命治療は一切致しません」という施設の相談員の言葉を聞かされた。私は二日前のそのお袋のことを思い出し、この病院に入院させる気をまったくなくしていた。相談員もそんな私の気配を察したのか、入院希望のサインの話題を出してはこなかった。妹もこの時に、そんな私の気配を感じ取ったに違いなかった。そしてその翌日、市民病院の看護師が、病室に慌てた様子で現れて「どうして入院希望を出してこなかったんです?」と怒って、私を訝った。施設側から連絡があったのだろう……何ゆえに病院側が、そんなことにこだわるのか分からなかった。

でも次の施設では、形式的にでも、サインはしようとは思った……そして三つ目の施設。そこは海辺に近い山間にあるY病院だった。正面玄関を入ると、明るく広いホールがあり、受付の後ろが机が並ぶ事務所となっていて、会議室もいくつかあり、二階から四階までが病室となっていた。今までで一番大きな介護療養型医療施設といえた。各階にあるホールも、玄関ホール同様に大きな分厚いガラスが張られ、明るく光が漏れ、病室を訪れる見舞客も多く見られた。入院費用の方も、紹介された四つの施設の中では一番の高額だった。お袋の介護の、初めの頃にかかった費用は、デイサービスと毎月の病院三ヶ所の通院費ぐらいで、ショートステイにヘルパーさん利用の費用などが、そこに加わってはいったが、それでも親父の遺族年金、それとわずかなお袋と私との年金を合わせれば、充分に黒字の生活はできていた。しかしここY病院の入院費は、そんな今までの生活を微妙にさせた。Y病院の入院費のランクは（あるいはどの療養型病院も同じなのかもしれないが）、患者の入院前の所得の高低によって定められていて、お袋は最低ランクの費用で入院できることが分かった。とはいえ、介護の費用としては今までの三倍ほどの金額になってしまう。私の生活を黒字にすることは無理かもしれなかった。が、それでもギリギリの生活はできるはずだった。ここに決めたかった。

最後の四つ目の施設も見学には行ったが、前の二つの施設と大差なく、相談員も横柄で取っ付きにくく、患者の家族との距離関係にこだわって、最初の第一印象が大事、とでも計っているかのような威圧を覚えた。彼は、最後まで入院希望のサインのことには触れようとせず、私も触れるつもりはなかった。すると彼は帰り際、入院希望の姿勢も見せないそんな私の態度を当病院への拒否と受け取り、戸惑ったのか、私が、正面玄関の入り口近くにある、品数の少ないショーウィンドウを前にして「ここ、売店ですか？」と多少の皮肉を込め、冗談めかして彼に笑いかけると、彼の方もそんな私の冗談に、思わず苦笑せずにはいられなかったようだった。

帰りの車の中で私は妹に「Y病院で決まりだな」と言うと、「Y病院だね」と妹も同意してくれた。妹が同意することとは分かっていた。Y病院の相談員との話し合いの中で妹は「誤嚥性肺炎になっても、ちゃんと治療してくださいねッ!」と、今にも泣き出さんばかりに、訴えた。「うちは、延命治療は一切致しません」と言った相談員の時に見せた態度とは、うらはらな態度だった。そして妹は、車の中で「Y病院だね」と同意してくれたあと、「これで、ようやく終わったね!」と不可解なことを言った。お袋はまだ、死んでなんかいなかった。まだまだこれからだった。

しかし妹のこの言葉は、あとから思い出すたび、そのたびにいろんな意味合いが浮かび上がってくるのだった。私と妹の、お袋の介護に対する姿勢の違い、さらに人生そのものを生きる姿勢の違い、それから……?

このとき私は、妹のこの言葉を「これで、われわれ子供としての役目の大きな山も越え、あとは病院にゆだねればよく、兄さんも介護から解放されて、お疲れさまでした」という程度の解釈しかしていなかった。しかしその後、「これで自分も店の仕事に専念でき、兄さんも働く時間ができて、これからは入院費を稼がなければ」と、暗に妹は親父の死後の時のようにまた、私の尻を叩いていたのかもしれない? と思った。

親父が亡くなってすぐの頃、私は妹に「もう小説なんか書くのはやめて、普通の仕事に就け！」と強い口調で言われ、さらに「兄ちゃん（家を）出てけ！　ワタシがこの人（お袋）の面倒を見るからァ」とも言われた。私は内心、少なからず妹の姿勢に感激し、ありがたくさえ思えて、東京に戻る決心をした。しかしその決心を妹に告げると、「困る！」と妹は困惑した。どうも妹は、東京での知り合いの何人かと同様、私が田舎へ帰ったのは、結局小説家としてモノにならなかった挫折ゆえ、との解釈があり、私が挫折した東京に戻るはずがない、と判断していた様子があった。そうして言葉とは裏腹に、妹は私に、お袋の面倒を見てほしがっている様子だった。

三

人生というは、「生きる」のではなく「生かされている」のでは、と思い始めたのは、東京にいて、ある会社を辞め、インドをバックパッカーで歩き回った頃からで、「あの世」の存在を信ずるようになってからだった。それはまた、自分は、己の魂を含めた上位の魂たちに導かれている、という発想を伴い、そして人生の中で、小さな方向性の選択や、大きな決断などを迫られた時など、自分を取り巻く魂らの声に、素直に、率直に、正直に耳を傾け、自分がどんな選択に「わくわく」感を覚えるのか、その直覚が、自分をその選択に誘導している背後の魂たちの思惑のように思えるようになったのだった。

東京での私は、六畳一間の貧乏暮らしだった。でも私には小説があった。この不可解な現実に相対しながら言語に遊べる小説があった。たとえ売れなくても、時間を忘れて書くことに没頭できた。金銭的には貧乏暮らしではあっても、精神的には、好きなこと以外に興味を向ける必要のない余裕に満ちた裕福な生活といえた。田舎へ帰ってきてからもその生活姿勢は変わらなかった。変えるつもりもなかった。そして小説ばかりではなく他のジャンルへの興味も湧いた。ネットで安すぎるほどの古本を買い漁り、この世とあの世の宇宙の仕組み、物質世界と非物質世界、スピリチュアリズム……加えて私は、お袋の介護にも時間を忘れて没頭できた。息子一人での母親の介護、こんな経験めったに味わえるものではなかった。

金銭的には、他の家庭と比較して、決して余裕のある生活とはいえなかったが、私としては金銭的にも精神的にも、充分すぎるほど余裕のある生活をしていたといえた。介護は大変、かもしれないが、その大変さに没頭でき、その大変さに対する他人の好評価が面白く、心地良かった。

しかしお袋は入院し、病院の世話になることになった。が、仕事を見つけて金を稼ぐつもりなど毛頭なかった。お袋をあの世へと見送るまで、つぶさに丹念に見守りながら楽しみながら、お袋に最後まで付き添っていきたい、という想いと、興味と、好奇心でいっぱいだった。

Y病院の相談員は初対面から印象が良かった。真面目で清潔な青年、というイメージで、相手を思いやりながらの忖度の視線が感じられて、好感が持てた。そして帰り際、彼の方から入院希望のサインの話が出て「これは、形式的なものですので、よろしくお願いします」と頭を下げられた。市民病院からの根回しがあったと、考えられなくもなかったが、私は、彼の率直な、正直に生きようとする姿勢からの言動と思った。もちろんこちらも入院を本心から希望していて、快くサインができた。入院費も、ギリギリ私の生活を維持できる、という思いもあったが、布団の下から私の手を握ってきたお袋のあの表情に応えたい、という思いにも駆られていた。

しかし生活維持に負担がかかりすぎる家族にとっては、この施設への入院は難しく、「サインは形式的なもの」という建前から、入院を辞退することは可能であり、そしてまた逆に、生活維持がそれほど負担とはならない裕福な家族にとっても、他の入院費の安い病院にも入院希望のサインをしてあり、金を惜しむ「欲」を曖昧にでき、どちらの施設を選ぶにしても、選ぶことに、良心の呵責が減ぜられる効果があるのかもしれなかった。「サインは形式的なもの」という建前の意味は、そんな効果を裏に潜ませているのではないか、となんとなく想像できた。が、あるいはまた単に、「断る側」「断られる側」双方の立場になって、「断る気まずさ」「断られる気分の悪さ」から逃れる妙案なのかもしれなかったが……。

私がY病院に巡り合うことができて、この病院を選ぼう、と決心したのは、その病院の雰囲気、自分の経済的なわずかな余裕ももちろんあったが。やはり、それよりも何よりも一番の決め手は、一つ目の施設の見学の翌日の、お袋がベッドの中から私の手を握ってきたことだった。お袋は、もうほとんどあちらの世界の意識の中にいて、Y病院も予知していたのかもしれない。自分の死の時期はもちろん、この世に誕生する以前から承知していて、まだワタシの死ぬ時期ではない、と訴えているかのようだった。そしてまだまだこの先、お前には、種類の異なる大事な恵みとしての学びの「試練」や「喜び」の計画が控えているのだから、と私に、訴えているかのようにも思えた。決して「ワタシは、まだ死にたくはない」、などという自身の、この世への未練という「欲」から、私の手を握って訴えてきたとは思われなかった……しかしお袋の中に、これからも死ぬまでずっと、この息子の手を握り続けていたい、という自我の「欲」が、いくらかは残っていたのかもしれない……この私を息子と自覚しているかどうかは分からないが……。

そうして、それから二、三週間後の九月には、Y病院へと転院することができた。市民病院から駿河湾方面へ、車で三十分ほどのところにY病院はあり、お袋は四階の第三病棟に配置され、ナースステーションのすぐ隣の三〇一号室、四人部屋だった。四階ではあったが山間《やまあい》にあるがために残念ながら海は望めなかったが、各階には広く明るいホールがあり、初めての日、お袋がストレッチャーで運ばれてきた時、ちょうど昼食前で、看護師さんたちやヘルパーさんたちが忙しそうに、移動可能のベッドを押して患者さんたちを病室からホールへと集めていた。広いホールでの患者さんたちの食事介助が始まるらしく、お袋のベッドもその集団のベッドの並びの中に加わった。もちろん重症の患者さんたちは部屋に残されているらしく、お袋は新参の比較的軽症度の患者扱いをされている様子に見えた。

それから私と妹は、看護師さんからお声が掛かり、ナースステーション内の主治医平沢医師のデスクの前で、まず平沢医師から「お母さんは、もうご高齢であり、この病院で最期を迎える覚悟はしておいていただきたい」と言われ、そして誤嚥性肺炎の患者として、これからたどることになるだろう病状変化、そしてその病状に対処する治療の種類のいくつかの説明を受けた。低カロリーな水分補給が主な「点滴」、鼻からチューブで胃へと高濃度な栄養分を補給する「経鼻経管栄養」、腹部から胃に穴を空ける「胃ろう」、心臓に近い静脈から高濃度栄養を補給する「中心静脈栄養」などなど、そして「看取り」ということまで話は及んだ。「看取り」とは、水分補給の点滴くらいはするかもしれないが、患者の体内への栄養補給を絶って、家族がその患者の死にゆく経過をひたすら見守るという意味であることを、私は、この時、初めて知った。そしてもう一つ私が初めて知ったのは、「点滴」のみでは充分な栄養補給とはならない、ということだった。私だけではなく、多くの人がその程度の知識なのでは、とその時思った。

市民病院などの普通の病院は、ほとんどの患者は病気を治し、元気になって生きて退院する。しかし療養型の病院の患者の退院は、そのほとんどが死によるものとなる。普通の病院の治療も、療養型の病院の治療も、どちらも生命を大事とはしながらも、普通の病院では患者の健康快復を図るが、療養型病院の方は、いかにうまく死に向かうかを図りながら、患者と家族と病院との間でいろいろ模索し患者の死に方を考えていく。そして治療の方針や提案はもちろんどちらの病院も医者側の仕事ではあるが、普通の病院ではその決断も医者がする一方、療養型病院ではその決断は主に家族がしなければならない。そして延命治療というものが、これからの治療方針のその主たる対象となるのだった。

「胃ろう」という言葉は知っていた。胃への直接栄養補給、ということも知っていた。しかしこの種の病院では、こういう位置付けになっているとは思わなかった。「点滴」「経管栄養」「胃ろう」「静脈栄養」などは、病気平癒を図る一時的な処置として有効ではあった。が療養型の病院では、「経管栄養」「胃ろう」「中心静脈栄養」は、「延命」としての処置以外の何ものでもなかった。そしてその決断は家族の意志に負わされるのだった。

「うちは、延命治療は一切致しません」と覚悟の方針を持つ病院は、家族に対して、延命治療を施すか否かの決断の「負担」を最初から免れさせているかのように思われた。しかし、いたずらに生を延ばして死にゆく苦痛から、早く患者を解放してあげる、という建前の一方で、まだどのくらい生きることができるかも分からず、この先もまだ喜びさえ味わえるかもしれない患者の生を、勝手に絶ってしまうことに変わりはなかった。

そもそもこの病院を選ぶこと自体に家族は「負担」を覚えてしまう。そして、家族側の立場の違いによって、その「負担」の意味内容が異なり、例えば金銭的に余裕のない家族と、余裕のある家族、また延命治療の意味が充分把握できていない家族と、充分把握している家族、そのそれぞれに異なった「負担」が立ち現れてくる。金銭的に余裕のない家族の場合は、たかが金ゆえにこれ以上の治療をしてあげられないことを、申し訳なく思う「負担」を覚えるだろうし、金銭的に余裕のある家族の場合は、患者の命よりもわずかな金銭的なこの世の「欲」を優先してしまった「負担」を覚えるかもしれない。そしてまた、延命治療の意味を充分把握していない家族は、その意味を次第に把握していくに従い後悔の「負担」を次第に増していくかもしれないし、すでに充分把握している家族は、命を絶つ決断にさらなる強い意志を必要としたことにかなりの「負担」を覚えてしまうことになるかもしれなかった。家族は当然、この時、善と悪の判断基準の中で悩まざるを得ない。自分の日常の生活や仕事への影響、金銭的なこと、そしてそれらのこの世的なこちらの「欲」と、死にゆく身内への自分の思いを、はかりにかけながら決断しなければならないのだった。

しかし……これらはすべて、この世の「欲」や「価値基準」の中での悩みや逡巡であって、本来あの世を住処とする魂の視界からは、より客観的にそれらの家族の苦悶が観察でき、より冷静に判断できた。あの世では、そもそも生死にこだわる肉体もすでになく、金銭欲もなく、世間体にこだわる必要もなかった。ゆえに魂の視界からは、患者の家族の自由意思の選択により、その家族の魂の進化の「促進」と「遅延」とが明確に窺えた。選択は大事だった。特に生死に関わるような選択は、悩んでも悩みすぎるということはなかった。

しかし今回のこの選択の場には、家族の立場からの視点の他に、もう一人、患者自身の側からの自我や魂の意思表示も加わっていることを見逃すわけにはいかない。お袋が私の手を握ってきたのは、そのお袋の魂の表現のように思われ、お袋は「まだワタシの死ぬ時期ではなく、まだまだこの先もお前の、大事な恵みとしての学びの『試練』や『喜び』の計画が控えているのだから、お前に協力していくつもり」と訴えているかのように思えてならなかった。

患者の肉体の自我の力は徐々に衰退し、そしてその衰退したエネルギーは、今度は次なる魂の住処となるエーテル体（幽体）へと次第に吸収されていく。そして患者は、より魂の視線から家族の思いを察し、思いやったり、気の毒がったり、許したり、そして個々人の家族の生まれる前に計画した今生での目的に叶うよう協力し、家族を導いたり、あるいはまた自我の「欲」の残滓から患者自身の望みを訴えたりして、必ず家族に何らかのサインを送ってくるに違いないのだった。

では、こちらは、その死に向かう患者のサインを受け取りやすく、魂の視力を養うにはどうすればいいのか?……私個人としては、素直な率直な正直な姿勢、これを心掛けて生きていくしかないように思えた。この世の「欲」の物質世界を生きていると、どうしても感情的になり、素直になりきれず、自己欺瞞にも陥ったりして、己やこの世を客観的に見つめることは難しい。ゆえにせめて、素直な率直な正直な姿勢を心掛け、自我の奥の魂の冷静さを養っていくしかないように思われた。そしてそれには「瞑想」が大事と思われ、禅寺にでも行って、座禅で禅那の意識状態に浸ったりすることも効果あることかもしれなかった。それと、これはその種のスピリチュアルな本の中で誰かが語っていたことではあるが、思考を霊的レベルに保つには、思考を訓練すること、と勧めていて、それには集中力と修行が必要であり、自分の心に、憎しみではなく愛を、怒りや復讐ではなく、許す気持ちを思い浮かべるよう命じなければならない、という。そうすれば、現世も来世も、さらに向上するだろう、と付け加えられていた。つまり「傷付けられたら愛で返せ」というのである。なかなかできることではない、と思った。

私は、妹の同意を得て、延命治療が可能なY病院を選んだ。それは正解でも不正解でもなく、いずれは「看取り」となる事態を先延ばしにしたにすぎなかった。しかし先延ばしにしたことにも、先延ばしたなりの意味があるように思われ、異なる学びの「試練」や「喜び」が用意されているに違いない、と思った。

そしてその現れなのか、Y病院へ転院して一ヶ月も経つとお袋は、すっかり元気になってしまった。肺炎も治り、食欲も旺盛で、食事の介助は必要ではあったが、ベッドではなく車椅子に乗せられてホールへと出て行くようになった。病室もナースステーションの隣の三〇一号室から、ナースステーションから遠くに離れた三一一号室に移された。もちろん女性ばかりの四人部屋で、他の三人はもう二、三年もこの病院にいるらしい。容体はみなさん落ち着いていた。三人には、週に何人かの家族が見舞い、窓際の一角には、私より十歳年下の男が毎日午後一時から七時頃まで母親のベッドに付きっきりで、午後は車椅子で病院内や外へも散歩に出ていた。私も車椅子で散歩を、と申し出たが、許可されなかった。彼の母親は、私のお袋ほど重症ではないらしい。しかしお袋以外の三人とも、鼻から「経管栄養」のチューブを挿入していた。

市民病院でも私は、毎日お袋を見舞っていたが、Y病院に移ってからも、車で往復一時間、ほとんど毎日通い続け、午後の一時間半ほどをお袋のベッド脇に座って、お袋の手を握っていた。眼の前の廊下を通り過ぎる看護師やヘルパーさんたちの視線が気になり、布団の中で手を握っていたが、すぐに感づかれ、彼女たちみんなが、笑いをこらえながら病室前を通り過ぎて行くようになった。が、そのうちそんな光景が当たり前となってくると、彼女らは無関心に無表情に通り過ぎて行くようになった。

看護師やヘルパーさんたちの中には、自分の息子を溺愛する母親たちが結構いて、私は彼女らの関心の的となった。清掃のオバちゃんとも仲良くなった。オバちゃんが言うには、この病棟では毎月二、三人の患者さんが亡くなっていくが、家族の見舞いの少ない患者さんほど早く亡くなっていくらしい。「寂しい」という自我の思いで、患者は生への気力をなくして亡くなっていく、とも考えられるが、患者の肉体の自我はもう衰退し、内なる魂の思いに目覚めてくることを考えれば、私は、患者が家族への迷惑を考え、家族を思いやり、早くあの世へと急ごうとする、その思いが、患者の死を早めているように思えてならなかった。

そして仲良くなったベテラン看護師の一人から、すっかり元気になってしまったお袋を前に「市民病院では何科にいらしたんですか？」と首をかしげて尋ねられた。どういうことですか？　と聞き返すと、唾液の吸引技術や肺の中へのチューブの挿入技術に差があったのでは？　という疑問を聞かされ、普通の病院にいたら命を縮めていたかもしれず、療養型の病院に移ることができたからこそ、元気に快復できたのかもしれない、という意味のことを聞かされた。

そしてもう一人、「特養」の常駐看護師を経験したことがあるという看護師からは「ひさ江さん、こんな状態でしたら充分『特養』にも入所できますよ」という情報をいただいた。「特養」は費用も安く、そして誤嚥性肺炎をまた患っても、Y病院には常に非常用のベッドが用意されていて、いつ帰ってきても治療可能、という助言もあって、相談員の彼に相談することになった。そして彼に、市内三ヶ所の「特養」を紹介され、Y病院に転院後三ヶ月経った十二月には、それらの施設の見学を済ませ、すべての施設に入所希望のサインをした。今度は、妹は伴わず私一人で回った。早く入所できるならどこでもよかった。入所希望の患者さんの予約が多く、早い施設で二、三ヶ月の順番待ち、一年以上も待たされるという施設もあったのだ。

しかし一月に入ってしばらくすると、お袋の様子がおかしくなった。盛んに痰が喉に絡むようになり、いつもこちらが手を握ると、お袋は私の眼を見つめながら力強く握り返してくれていたが、その握り返す力が弱まり、眼を瞑っていることが多くなった。そしてある朝、看護師から家に電話があり、先生からお話があります、と言われた。お袋が、薬を唾液で飲み込むことが難しくなった、と言うので、では何かの薬の服用を一時中止するのかも、などという程度に思って、いつものように病院に入り、ナースステーション内の主治医の前の椅子に腰を下ろすと、主治医が思いもよらぬことを話しだした。

お袋の誤嚥の症状が顕著となり、レントゲン撮影で肺炎と分かり、今後は「経管栄養」、「胃ろう」、「静脈栄養」などの処置となるか、あるいは「看取り」とするか、家族としてはどういう選択をするのか、と言うのだった。思わぬ展開に、戸惑った。「特養」に入所できるほどの健康に快復したはずだった。タフなお袋だった。肺炎などすぐに治ってしまう可能性も充分にあった。決断に数日の猶予をいただいた。親しくなった若い看護師に訊いてみると、「看取り」の期間は、短くて二週間、長くて二ヶ月ほど、と言い「栄養補給を選ぶなら、ひさ江さんの栄養状態が悪くならないうちに、なるべく早めに決めた方がいい」とも助言してくれた。清掃の男性主任や、オバちゃんにも相談したが「ひさ江さんは表情があるし、元気だし、まだ『看取り』なんていう段階じゃないよ」と気を遣ってくれた。そしてその日の病院の帰り、妹の店に寄って妹に相談したが、妹は言葉少なめに、俯き、視線を合わせず「兄さんに任せるしか……」と呟いた。

ネットで調べてみて驚いた。日本と欧米豪などの諸国との、高齢者終末期医療の違いについての報告があり、欧米豪では「経管栄養」「胃ろう」「静脈栄養」などの延命治療は一切しないという。理由は、高齢になることで、例えば癌などで終末期を迎えたら、口から食べられなくなるのは当然で、「胃ろう」や点滴などの人工栄養で延命を図るのは非倫理的と、国民みんなの認識があり、逆にそんなことをするのは老人虐待、という考え方さえあるという。

さらに食事の介助でも、患者が食べたくないという表情をした時には無理に食事介助はせず、アメリカのある施設では、スプーンは持たせるが食事の介助は一切しない、というところもあるという。西洋医学は、もちろん西洋が発生の地であった。すると「うちは、延命治療は一切致しません」と相談員が自信の表情を見せたあの病院は、西洋医学の最先端の終末期医療を実践しているということになる。しかし病室内の雰囲気は、Y病院とは違い、殺伐として陰鬱だった。とてもお袋を置ける場所ではないと思った。

しかし、ネットでの日本人の報告者もやはり、ほとんどが「延命治療」に否定的だった。報告者の中のある女性が、日本の患者の家族に、自然経過に任せる「看取り」を勧める時の苦労を述べていた。配偶者や子供のいる方の多くは、親が亡くなるのは寿命だから仕方がない、と納得されますが、最近増えた五十代や六十代の独身の方は、親が心のよりどころとなり、親が亡くなることを受け入れられず、ひたすら「延命治療」を求める傾向にあります、と。私は、そんな独身男にはなりたくなかった。

もともと私には「延命治療」に抵抗があった。Y病院内にも二年、三年と、中には五年も鼻にチューブを挿入したまま寝たきりでいる患者さんがいた。そういう患者さんのベッド脇には、必ず家族が頻繁に付き添っていた。患者は家族に愛されているに違いなかった。清掃のオバちゃんの言う通りだった。しかし、患者を死なせたくない、と思うのは、確かに家族の「愛」かもしれないが、それは同時に「欲」でもあり、いたずらに患者の苦痛を長引かせてしまうことに眼を瞑ることであり、患者への思いよりも自分たちの思いの方を優先することでもあった。患者の安楽な終末を、と願うとしたら、「看取り」も家族の患者への「愛」の選択でもあったのだった。

私は「看取り」を決心した。そして仏壇の親父に手を合わせ、報告し、お袋がそちらへ行くからよろしく頼む、とお願いして寝酒をあおった。そして翌朝、半覚醒状態の中で気が付くと、私の胸がつまるように熱くなっていて、目尻から涙が流れ落ちていた。やはりお袋を殺したくはなかった。お袋は生きていてほしかった。「看取り」なんてできやしなかった。そうしてその日の午後、病室に現れたベテラン看護師に私は、しばらく「経管栄養」を試し、快復したところを見計らって、また口からの食事を試み、それでまた誤嚥性肺炎となったら、その時はもう「経管栄養」で、と自分の希望を伝えた。まだまだ「特養」へ行ける可能性は充分あった。「特養」では「経管栄養」の患者は受け入れてもらえないのだった。

四

肝臓癌の手術を受けた後、私は、まずトイレに近い個室に移された。そして初日から私は廊下を、点滴スタンドに掴まって腰を曲げながらトイレへと歩いた。オムツに排尿するか、廊下を歩いて手術痕の苦痛に耐えてトイレまで排尿しに行くかの選択だった。しかしオムツへの排尿はためらわれ、仕方なく私はトイレを選ばざるを得なかった。これは病院側の、早めに患者を強いてリハビリへと促そうとする意図があるがため、と思わずにはいられなかった。とはいえおかげで私は数日間、手術の傷跡の苦痛に全神経を奪われていることができた。しかしその痛みが徐々に和らぎだすと、私は、術後にパニックに陥ったあの意識を思い出すようになった。そしてその意識に次第に囚われていき、閉所恐怖症の症状がわずかに出始めて、病室にいる閉塞感や、五階の病棟にいる閉塞感を覚え、私は、一階の守衛室に行って警備員に「夜は何時頃、この出入り口は閉められるのですか?」などと訊いてしまっていた。警備員が怪訝な顔をした。ダメだ、いけない、と自分を戒め、気を逸らせ、気を紛らわす必要を覚えた。

幸い、昼間は看護師さんやヘルパーさんたちが頻繁に病室に現れて、慌ただしくも、落ち着いた時空間に寛ぐことができた。中でも最も気が休まるのは毎日の妹の来院だった。コロナ禍でもあり、病院は面会禁止となっていた。ただ一人の身内の妹のみが私の下着などの洗濯物のために私を見舞ってくれていたのだった。ありがたかった。妹は、ほとんど毎日、私を見舞ってくれた。

私も、Y病院では、ほとんど毎日お袋を見舞っていた。しかしそのY病院での妹は、お袋を見舞う頻度が、初め頃は週に一度、それから二週間に一度、三週間に一度と、次第に病院に顔を見せないでいる間隔が長くなり、そしてある時、私は気が付いた。妹は、私が病院に来ている時間を見計らってお袋に会いに来ていることを。つまり妹は、一人ではベッドにいるお袋に会うことに躊躇を覚えているらしいのだった。「どうしてだ？」と私は妹を責めるつもりはなく、本当に不可解に思って、そう尋ねてみた。すると妹は、顔を背けながら「いつも『憎まれ口』、言われてたからァ！」と表情を険しくした。私は即座に「『憎まれ口』は認知症の初期症状だろう！」と呆れたが、すぐに、これは妹の、とっさにその場を取り繕おうとするいつものクセ、と思い直した。

ケアマネの三浦さんが、お袋の泣きながらの電話は認知症患者の初期症状の一つ、と説明しても妹は、お袋の泣きながらの電話などない、と答えたのも妹らしい反応だったのだ。お袋には、もう発語はない。眼の前の女が、自分の娘であるとの認識もなかった。妹は、そんな反応のないお袋に、居心地の悪さを覚えたのかもしれない。私と妹とでは、死にゆくお袋への思いが違い、介護の姿勢が異なっていた。

この種の病院では、私のような姿勢の者は少数派だった。この第三病棟には百人近い患者さんがいた。そんな中で、毎日、母親や妻に会いにくる男は、私を含めて三人、父親や夫に毎日会いにくる女の人も、何人かいた。しかしほとんどの見舞客が、無反応な患者に、居心地の悪さを覚え、短時間で面会を切り上げていく。人それぞれだった。家族の者それぞれに、死に行く者への思いや、姿勢の違いがあるはずだった。私自身、患者の側の立場となって想像した時、延命処置などは地獄にいるように思われ、空恐ろしく、患者の生に執着する息子などは迷惑以外の何ものでもなかった……そしてお袋は、その頃はもう、妹に対してばかりでなく、看護師に対しても誰に対しても、反応が薄かった。が、私にはときどき笑顔を見せてくれ、相変わらず布団の中で私の手を握り、眼はじっと私を見つめてくれていた。帰り際など、切なそうな表情を見せ、後ろ髪を引かれるような思いで帰ることもたびたびだった。

　妹はしかし、お袋の自宅介護の時からも、あまり積極的には介護に手を出そうとはしなかった。親父の死後「兄ちゃん、出てけ！　ワタシがこの人の面倒を見るからァ」と言っていた勢いの積極性は微塵もなかった。もっとも、この言葉の裏には、私が挫折して田舎へ帰って来たものと思った妹の勘違い、加えて、泣きながらのお袋の電話を、私のお袋へのDV疑惑とした妹の誤解、そして東京へ戻ろうとする私の相談を借金の相談と勘違いして百万円を用意し、私を金にだらしない兄、と見なした妹の勝手な判断があったからのように思えた。だから、そんな兄にまともな介護などできるはずがない、と妹は推断し、そして早くお袋には施設に入ってもらい、私には地道な仕事に就いてもらって、才能もないのにいつまでも夢を追いかけて身の程も知らない人生の落後者の兄を、この先もなんとか面倒見ていかなくては、と嘆息していたのかもしれなかった……その通りかもしれなかった……いや、そうではなかった。私は、挫折してもいなく、お袋を虐待してもいなく、金にだらしなくもなかった。介護にも、興味をもって専心でき、まだまだ残りの人生にも期待し、死後の世界にさえも期待し興味を持っていた……しかし、これらの、妹の思いに対する私の発想は、ずいぶんあとになってから得た発想であり、また事実の確証の得られない発想であるのかもしれないが、ただ確実と思われるのは、お袋の自宅介護当時も今も、私も妹も積極的に生きている、ということであり、そして自宅介護当時の妹は、介護に積極的にならないことに積極的になっていた、ということだった。

そして、これはまだお袋の自宅介護だった頃、やはり私は妹に、尋ねずにはいられなくなっていた。「どうしてお前は、お袋の介護に、積極的になろうとはしないんだ?」と。するると妹は「その家にはその家のやり方があるからァ」とやはり、その場を取り繕うような返事をし、私は「ウチには、決まったやり方などない」と言おうと思ったが、やめた。妹の家では、義父母は、デイサービスは利用していたらしいが、病院や施設に預けることなく、最後まで自宅で介護することができ、また店をやっている関係もあって、確かに妹の二人の義姉たちは義父母の介護に関わることはなかったらしい。そして後のケアマネからの情報によると、妹は朝、昼、晩と頻繁にヘルパーさんを利用し、食べ物商売に不衛生は避けなければと、寝たきりとなった義父母の世話も任せていたという。

前々から私は、今回の私の人生の中での妹というのは、私の大事な人生の試練という火に、油を注いでくれる役目を担ってくれているのでは、とそう思っていた。妹が娘として、お袋の介護に手を出したりしていたのでは、私に甘えが生じ、私の大事な人生の試練を台無しにしてしまう恐れがあった。また妹は仕事を持っていた。ゆえに妹の魂は、私のさらなる試練に加担すべく、お袋の介護にはできる限り手を出さないという生き方を選択し、そして私の魂の方も、そんな妹の役目を承知していたに違いないのだった。

夫婦、親兄弟姉妹などに転生する魂たちは、互いに極めて親しいグループの、ソウルメイトたち（相棒たち）といえた。お袋の魂も私と親しいと思われるが、妹の魂も私と親しい関係にあるに違いなかった。

生まれる前の魂に性別はなく、基本的には魂は、この世的な「欲」や「善悪の価値観」にも染まっておらず、この「世」という演劇舞台に役者として出演するようなものだった。

そしてまた、魂がこの世へと生まれる際に、どんな夫婦を選ぶかの自由を与えられた場合、一般的には、選んだ母親が父親の精子を受け入れた瞬間から、魂の侵入が可能、と言われるが、実際にはそれ以前にその魂が、父親の精子の中のＤＮＡの選定から始め、自分の都合の良い遺伝子を持った精子を精液内で、母親の卵子へと誘導する、などの準備段階を経て受胎させる場合もあるという。つまり魂は、都合のいい性格となるＤＮＡを選ぶことが可能だったのだ。

妹は、商売をしている関係もあり、普段は、取っ付きやすい快活な面を見せてはいたが、内心は人見知りする傾向があり、身内の家族にはわがままで感情的に振る舞っている様子でも、他人には従順で気の小さいところがあった。子供の頃の妹は、私に対してなぜかよそよそしく、引っ込み思案で気の小さいところを見せていた。それが、親父が亡くなった頃から私に対する態度が一変し、「散歩するヒマがあったら金を稼げ！」と私を罵倒することができるようになるまでになった。そういう意味では妹は、やはりお袋に似た性格、と言えないこともなかった。お袋も、親父や私には感情をあらわにでき、わがままにもなれたが、しかし他人にはひたすら臆病だった。ゆえに私は、ようやく親父の死後から、妹に、身内として扱われるようになった、ということになるのかもしれなかった。

私は入院中、まだ杖代わりの点滴スタンドのお世話になっている時も、毎日、院内を散歩した。そしてほとんど毎日屋上へ、解放感と新鮮な空気が恋しくて上がっていた。退院が近付いた頃、私は、妹を誘って屋上へと上がった。多少、二人きりの男と女の意識もあって、こそばゆい思いがし、目の前の緑の山の斜面を見ながら、二人で手すりにもたれていると、

「兄さんは、子供の頃、雲の上にいるような存在で、怖かった……勉強もできたし」と妹が言い、そして「子供の頃は並んで歩いたこともなかった」とも言った。

「あるよォ！」と私は、子供の頃の、市民いっせいの川ざらいの日のことを思い出していた。大井川から流れ込む市内を流れる河川が堰き止められ、大人たちは川床の掃除をし、子供らは干上がった川床の水たまりに小魚を漁った。私はタモ網を片手に、バケツを持つ妹を従えて、川床を見下ろしながら川べりを歩いた。すると、上級生の小学生や中学生らが鼻で笑ってわれわれ二人を揶揄った。それ以来私は、人前で妹と二人で歩くのをやめた。

「今度の作品、あの手術後のオレの、あのパニックの場面辺りから書き始めようかと思ってる……」と私は、唐突なことを言っていた。たとえ売れない小説であっても、地縁血縁

の人間を材料にするのは憚られる意識があったのだ。

妹は、眼の前の緑の山の斜面をじっと見つめたままだった。売れないとはいえ、小説の材料にされる迷惑を思っていたのか、それとも、私のパニック時に、腕を握られたことを思い出して恥じらっていたのか……。

後日、これは退院後ではあるが、偶然なのかあるいは導かれた必然なのか、同級生の家に遊びに行った時、ちょうどそこに居合わせた女性がいて、彼女には霊能力があり、イギリスで過去生を含めた退行催眠を学んだこともあるというので、さっそくリーディングをしてもらうことになった。すると彼女はまず、私の左肩辺りにお袋がいて「あれがワタシの寿命だった」と言っています、とお袋からの伝言を告げ、それから彼女は、私の頭部の背後の方をジーッと見つめているうちに、急に、顔をしかめて身体をのけ反らせた。私の頭部の背後のスクリーンに、私と妹との共通の過去生が映り、その過去生でも二人は今生と同じ兄妹の関係ではあったが、まだまだ子供だった頃の様子で、二人が川の中に打たれた杭に手足を縛られ、濁流に呑まれる場面を見せられたのだ、と彼女は言った。そして、あまりにも悲しい思念が伝わってきて、とても直視できなくなってしまった、と言った。

江戸時代、ある山間の村での出来事らしく、二人は村人たちに人柱にされたのだという。

そしてこの時、妹は、子供ながらに村人たちに恨みを覚え、この世的な執着が残ってしまい、その後の転生と転生との間の中間生では、次の人生を物質的な価値観の世界の中でたくましく生き抜いてやろうという計画を立てたらしい。一方、私の方は中間生に入ると、次の人生もまた、それまで通りの過去生と変わらぬ探究心の中で、新たな試練に挑戦する計画を立てたのだという。

実は私はつねづね、もしかしたら妹との同じ過去生の中で、妹から恨みを買ってしまった私との関係があり、その「怨念・遺恨」の影響で今生の兄妹にわだかまりが生じてしまっているのでは、と内心、そう危惧していたのだ。が、彼女のリーディングの結果はそれを否定する可能性を示していた。今、確かに妹との間にわだかまりはある。しかしその原因は、過去生での「怨念・遺恨」にあるのではなく、やはり今回の人生をどう生きようかと思う、その二人の生き方の違いのせい、と彼女のリーディングは伝えてくれているように思えた。

妹の方は、店の女将として「こう生きるべき」とエネルギッシュに現実を創造しながら、義父母やお袋の「介護」を、「嫁」や「娘」としての「義務」とする傾向の生き方をし、そして私の方は、小説で飯を食おうとする「欲」をエサに、「どう生きようと自由」

と定職には就かず、お袋の「介護」を選択して、その「介護」を、「愛」と「欲」の中で模索しながら現実を創造していた。

つまり、この二人の生きる姿勢や価値観の相違が、必然的に、兄妹を互いに試練を与え合う関係へと導いている、ということになっているようなのだった。

五

二〇一九年の十二月二日。病院から電話があり、お袋にタール便が出たという。主治医平沢医師のデスクの前で、妹と一緒に説明を受けた。皮膚病（類天疱瘡）の薬であるプレドニンの長期服用のせいか、胃に出血があり、以後十日ほどプレドニンの服用を止めて、経過の様子見をすると言う。そして「経管栄養」の開始は当分見込みなく、引き続き点滴のみの状態が続く、とも言われた。「経管栄養」はその前の月の十一月十二日から停止状態になっていたのだ。そしてその十二日の翌日から、お袋はY病院へ転院して来た当初の三〇一号室に移されていた。のちに、これは日記を何度も読み返してから思ったことだが、このとき、平沢医師は、目の前に私一人だったら、強気に私に「看取り」の覚悟を迫っていたかもしれなかった。しかし妹が横にいたがゆえに、控えめに現状説明のみにとどまったような気がしてならなかった。平沢医師と私とは、なぜか初対面から、反りの合わない雰囲気があった。

私は、前記のこの文章を書き始めるのにあたり、約一ヶ月間、十二月二日以降の自分の日記を何度も何度も読み返さなければならなかった。この時期の記憶が漠然として曖昧で、日記を読んでも前後の繋がりがまったく見えてこないのだった。文章自体も、場面や心情の描写が粗削りで、具体性に欠け、理解し難かった。思うにこの時期の私は、知らず、思考停止状態に陥っていて、現実を直視しようとする意志を欠き、状況を正確には把握したくない、という気持ちが働いていたように思う。

お袋は、二〇一九年二月に、鼻からチューブを挿入して「経管栄養」となって以来、春を過ぎ、夏を過ぎて、順調な体調を維持してきた。が、秋になると、ときどき肺炎を患って熱を出し、点滴や鼻腔からの酸素吸入を始めて、「経管栄養」も停止したり開始したりを繰り返すようになった。私が見舞っている間も、お袋は、ずっと眼を瞑っていることが多くなり、ときどき笑顔を見せてはくれるが、喉に痰が絡むことが頻繁となり、看護師を呼んで痰を吸引してもらうこともたびたびだった。

そうしてある朝、半覚醒状態の中で私は、葬儀社の手配をしなければ、と背後の存在に急かされたかのように思い立ち、二ヶ所の葬儀社と事前の相談を済ませ、そしてそれから一週間後の十二月二日の、お袋のタール便だったのだ。

病状が快方に向かうはずはなかった。しかし眼は瞑りながらも、布団の中で私の手を握るお袋の手にはまだ力があり、私が、瞑ったお袋の眼を、人差し指と親指で無理やり開けると、お袋は開いた眼で私を見つめ、笑顔を見せる。そして七日になり、胃の出血は止まった、と看護師が言う。この朗報を聞いて私は一晩考え、八日、ホールからナースステーション内にいる馴染みの看護師を手招きし、病室に呼び入れて「主治医の治療方針には従います。しかし家族の気持ちとしては、このまま餓死させるのは忍びなく、できることなら経管栄養の開始を……という気持ちです」と伝えた。年末は妹の店が忙しく、今月中の葬式は……という懸念もあったが、私自身もまだまだ気持ちの整理がつきそうになかった。

すると翌日の九日、ホールで前日の看護師を見つけても、彼女は視線を合わせようとせず、それからすぐに平沢医師に呼ばれ、無礼な高圧的な口調で、十三日からの経管栄養の開始を、しぶしぶ告げられた。彼は、私よりも年下のはずであり、私は患者の家族だった。奴の態度に少々頭にきた。が、結果には満足した。医者に人を殺す権利はなかった。家族の意向が尊重されるはずだった。しかし約束の十三日の前日の十二日になると、それまでお袋の胸に取り付けられていた脈拍計が外されていた。いやな予感がした。

そして十三日、病室に清拭に現れた看護師に、またタール便が出ました、と告げられた。ウソかもしれない、思った。もうプレドニンは服用していなかった。そしてその看護師とヘルパーさんたちが、お袋のベッド周りのカーテンを閉めてお袋の身体を清拭している間、私は、ナースステーション前のホールに出て、自著の本をバッグに潜ませてソファに座り、ナースステーション内にいる平沢医師に、無言の威圧を与えて身構えていた。すると彼の方から声が掛かった。

平沢医師はデスクの前で、この前とは打って変わって、穏やかな口調で話しだした。その時どんな理由を聞かされたのかは覚えていない、が、やはり結局、約束の経管栄養は開始されることはなかった。室内では十人ほどの看護師さんたちが、みんな俯きながら、聞き耳を立てていた。それから私は「これ、読んでください」と、バッグの中から本を取り出し、平沢医師に手渡すと、平沢医師は「あ、じゃ、これ、みんなで読ませていただきます」と言って、看護師さんたちへと視線を回した。私はそして、そんな張り詰めた雰囲気の中、笑顔を作りながら頭を下げ下げ部屋を出た。本は、平沢医師に読ませようと、数日前から用意していた。オレは売れてはいないが、ペンの力をあなどるな！　と脅しの抑止力を企んでいたのだ。胃からの出血は、プレドニンのせいではなく、食事がないために胃酸過多となったせいなのでは、と疑い、もしかしたら経管栄養を始めれば出血は止まるかも、などと思っていた。そもそも私は、胃からの出血さえ、事実として受け入れようとしていなかった。病室に戻って来て、ベッドで眼を瞑っているお袋を前にすると、涙が出てしょうがなかった。

舞台は、Y病院の四階の第三病棟だった。お袋という患者を中心に、病院側の医師や看護師たち、患者の家族である私、そのそれぞれが自分の役柄をわきまえ、熱演を繰り広げていた。相変わらず私は毎日、お袋のいる病院に通っていた。午後二時半少し前から三時半少し過ぎまでの一時間半ほど、ベッド脇に座り、お袋の手を握って過ごした。

奇妙なことが起きていた……これはタール便の少し前からのことではあるが、週に二度のお袋の入浴後などや、私がいつもとは早めの時間に病院に着いた時などに、お袋の酸素吸入器のチューブが何度か外れていたことがあった。慌てて私は看護師を呼んだ。故意に思えてしょうがなかった。そして二十一日（土）、病室に入ると、お袋の鼻腔から「経管栄養」用のチューブが抜かれていた。看護師に説明を求めると、「今、止血剤が点滴から体内に入っているので、それが終了次第、また経管栄養を再開するかどうか検討する、と先生はおっしゃっていました」と言う。そして翌週の月曜日の二十三日、平沢医師に呼び出され、「経管栄養」は中止となり、「看取り」に入ったと、明確に告げられた。私は頭にきて「家族であるオレの承諾が必要だろうッ！」……と言おうと思ったが、やめた。

本来は私がやるべき決断の役柄を、病院側が代わりに演じてくれていた、ともいえたのだ。しかし「経管栄養」を続ければ、まだまだ生き長らえるはず、と私は思っていた。と同時に、ついに私とお袋の番が来たのだな、と自覚させられた。

一年数ヶ月前の転院して来た頃のことだった。ナースステーションの隣の三〇一号室は、女性ばかりの四人部屋で、普通の病院から転院して来たばかりの患者や、末期患者の、病状経過の様子見をする病室であり、患者を見舞う家族らしき人は、週に一、二度、見かけはしたが、ベッドに寝る患者のほとんどが無言で無反応で、会話できるはずもなく、あまり長居することなく帰って行った。私一人が毎日、午後の一時間半ほど病室に居座り、お袋の手を握っていた。

そしてしばらくして、隣の三〇二号室も同じような病室であることが分かり、しかしこちらは男性の四人部屋で、その男性患者の奥さんらしき、私よりも年上の四人の女性たちが、毎日、午後の長い時間を付き添っていることを知った。私は、その女性たちと親しくなった。お袋がナースステーションから遠く離れた三一一号室へと移ってからも、彼女らはときどきわれわれの様子を窺いに来てくれて、帰りが一緒になった時など、何度か彼女らを途中まで、私の車に乗せて帰ったことさえあった。彼女らは車内で、元気に、はしゃいでいた。しかしその年上の彼女らも、数ヶ月後、年が明けて、お袋が「経管栄養」の処置となった頃にはみんな、この四階の第三病棟の舞台から姿を消していた。彼女らのご主人も「経管栄養」や「中心静脈栄養」の延命処置をしていた、とは聞いていた。が、「看取り」の決断の時の様子までは聞いていなかった。しかし医者が、勝手に鼻からチューブを抜き取ったり、勝手に心臓に近い静脈からカテーテルを抜き取ったりしてから、「延命処置は中止し、これから『看取り』に入ります」などと独断的なことを言うはずがない、と思った。必ず、彼女らに事前の承諾を得るはずだった。そして、その時、彼女らが演ずる「愛」と「欲」と「義務」との葛藤の中で承諾する冷静な悲嘆の表情が、なんの不自然な様子もなく、私の脳裏に浮かび上がってくる。しかし……私はといえば、お袋の生にひたすら執着し、ただただ「愛」と「欲」との葛藤の中で感情的に、見苦しくうろたえていた。女は雄々しく胆が据わり、男は女々しくみっともない、と相場は決まっていた。

平沢医師は、限りなく母親の生に執着する息子に代わって、決断の役を引き受けてくれた、といえたのだ……善意か？　正義か？　使命か？　仕事か？　義務か？　反感か？　あるいは悪意か？　それとも愛があるのだろうか？……いろんなことを考えてしまった……お袋は九十歳だった、とにかくもう、この世の生の苦しみから解放してあげるべきなのだった……。

翌二十四日、お袋が三一八号の個室に移されていた。三一八号室は、エレベーターホールにあるナースステーション受付の、通路を隔てたすぐ近くにあった。病院では、こんな臨終専用の部屋も用意されていたのだった。お袋の眼が、ときどき三白眼になっていた。こんなお袋、初めて見た。もう眼に、焦点を合わす力さえ残っていないのか？……見ているのが辛くて辛くてたまらなかった。二十五日、二十六日の二日間、相談員の好青年の彼に相談し、お袋のもしもの事態に備えての必要事項、当日の段取りなどの説明を受けた。

そして翌日の二十七日の深夜二時半頃だった。病院から電話があり、お袋の様子が、緊急を要する、と言う。寝酒を呑んでいたので、妹を呼び、妹の車で病院へと駆けつけた。お袋は、心電図の波形が動く計器に繋がれていた。

確かにお袋の手には力がなく、こちらが握っても、指がだらりと弛緩し、握り返してこなかった。しかし東の空が次第に明るくなってくるに従い、お袋の手にかすかに生気がにじみ出てくるような感触があった。もしかしたらお袋は、ただ眠っていただけなのかもしれない、と思った。とそう確信すると私は、安堵のためか、急に軽く便意をもよおした。そして一階のエレベーターホール脇にある、いつも使い慣れたトイレへと行こうと思い、お袋の手を放し「ちょっと、一階のトイレに行って来る」と妹に言って、部屋を出ようとした。と、その時、妹が「兄さん！　兄さん！」と慌てて私を呼び止めた。脈拍が、急に二〇〇に跳ね上がったのだ。慌てて私はまたお袋の手を握った。すると、そのお袋の手は、まるで生き返ったかのように私を求め、前にもまして力強く握り返してくれていた。眼は瞑ったままだったが、まぶたの下の眼球が盛んに動き、お袋のいまだ生にすがろうとする、必死な、生きる意志のようなものが感じられたのだった。

そして朝、七時過ぎ、平沢医師が病室に現れた。聴診器をお袋の胸に当てたり、眼球を見たりしたあと、彼は、われわれに、どこか済まなそうに視線を彷徨させながら「しばらく様子を見て……経管栄養も考えてみます」と、ボソッと蚊の鳴くような声で、妹の方を向いて言った。私は、眉間にシワを寄せ、あからさまに不機嫌に顔を背けていた。それが私の役柄だった。平沢医師は当直だったのか、それとも早朝病院に駆けつけてくれたのか、白衣も着ず、厚手のセーターの胸に聴診器をぶら下げていた。お袋の体調の快復が、信じられないかのようだった。そうして看護師さんたちやヘルパーさんたちが出勤してきて、私と妹はそんな中、帰ることになった。病室を出る時、お袋が、笑顔、というより、まるで危篤が演技だったかのような笑い顔を、われわれに見せた。

それから私は家に戻り、しばらく仮眠をとり、また、いつもより少々早く二時ごろ病院に着くと、看護婦さんたち、ヘルパーさんたちみんなが優しい顔をして迎えてくれた。が、点滴が落ちていなかった。慌てて看護師を呼ぶと、看護師は丹念に新しい血管を探してくれ、無事（?）点滴が再開できた。でも看護師さんたちはみな、非常に私に好意的だった。私を応援してくれているかのようだった。そしてお袋は、帰り際、しっかり眼を開けて、笑顔で、こちらの声掛けに盛んに頷いてくれた。

翌日の二十八日はしかし、お袋はずっと眼を瞑り、私がベッド脇にいると、昨日と同様に、脈拍がまた二〇〇を超えた。これは、もしかしたら今日は、昨日の早朝とは違い、私が傍にいるから脈拍が上がったのかもしれない、と思って、ホールに行ってしばらく経ってから病室に戻ると、お袋はイビキをかいて眠っていた。今日のお袋は、やはり眠たくて、誰だか分からない傍にいる私を、ただ五月蠅《うるさ》がっていただけのように思えた。そして帰り際、私は、頭痛を覚えた。その頭痛は、翌日の二十九日の朝になると、さらにひどくなり、救急車を呼ぼうかな、と思ったが、躊躇があり、まずは近所の人に相談しようと、階段を一、二段降りた時、ズッキーンッと脳が破裂せんばかりの激痛に襲われ、私はその場にうずくまった。すぐ妹に電話して、一番上の甥っ子に救急車を呼んでもらった。ＣＴ検査では脳に異常はなかったが、以後毎日、心臓と脳の薬を飲まなければならない羽目となった。三男坊の甥っ子の運転で妹が病院に駆けつけてくれ、三人で家に帰ってきたが、さすがにこの日はお袋の病院に行くのは憚られ、しかし妹と甥っ子の二人は病院に行き、病院からの妹の電話では、お袋は、孫の三男坊に盛んに笑顔を見せていたという。

翌日の三十日は病院に行った。正月休みとなる看護師さん、ヘルパーさんたちが、入れ代わり立ち代わり、お袋の病室に現れ、何か含みを持たせたかのような挨拶をして、帰って行き、そして私も帰ろうとすると、ベテランの看護師が、前日の私のことを気遣う様子で「万が一の時、泊まりの付き添いをお願いできますか？」と、やはり含みを持たせたかのように言い、いったん私は帰ったが、しかしやはり散歩の途中に携帯が鳴り、血圧が七〇を切ったから、と泊まりの付き添いをお願いされた。しかし私が病室に来ると、計器は正常値を回復していた。眼を瞑っているお袋に、私は「年内は美恵子の店が忙しいから、元日にしな、な?」と話しかけたが、お袋は無反応。傍にいた看護師が「元日までは無理だと思います」と大胆なことを言い、私は「元日になれば、三人の甥っ子が病院に来られるらしいんです。それに元日は、親父の誕生日なんですよ」と笑顔で応えた。

それからその看護師はお袋の口の中にガーゼを入れて、口腔内を拭った。ガーゼにこってりと赤褐色の異物が付着していた。お袋はひどい口内炎に侵されていたのだ。お袋は顔をしかめて耐えていた。お袋の口内炎に初めて気付かされた。私の責任、と思った。しかしお袋は、処置が済んでしまうと、何事もなかったかのように眼を開け、私の顔を、ポカーンと眺めていた。まだ生命力があった。

看護師は「心拍数が一〇〇を切ると、次第に降下していき、一気に生死の境へと進みます」と言っていたが、それから三十日の夜、三十一日と無事過ぎ、そして元旦になった。もうお袋は眼を開けなくなった。昼過ぎ、店が休みに入った妹が病室に姿を見せた。そして妹が、甥っ子たちは用事があって今日は来られない、と言うと、お袋の心拍数が急に下降した。私は慌てて両手でお袋の手を握りしめた。まだまだ死の気配は感じられなかった。

お袋は認知症の末期の状態であり、肉体としての脳はほとんど壊れ、魂の表現器官としては機能していない。が、心臓はまだ表現の機能を維持していた。お袋からはまだ強い生命力が窺えた。死は、スピリチュアルな発想では、肉体とエーテル体（ダブル・幽体）とを繋ぐシルバーコード（これは人間の母親と胎児とを繋ぐ「臍の緒」に譬えられるが、実はこのコードは体中にある無数の細いコードと、腹部と脳とにある二本の太いコードとがあるらしい）が切れることだという。そして、このコードにはかなりの弾力性があって、普段の睡眠中も、魂はエーテル体を乗り物に肉体を抜け出、よく幽界や霊界を訪れているという。ベッドで眼を瞑るお袋の魂は、今はたぶん頻繁に肉体を出入りし、ベッド周りにいるわれわれを上から眺めたりしていることだろう。ではこのコードは何を契機に、いつ切れるのか?……スピリチュアリズムでは、患者の魂の上位のスピリットの要求から、と言われているが、しかし私の感触としては、その時の決定は、患者本人の意志が強く関わっているように思えてならなかった。

夕方、お袋のことは妹に任せ、ここ二日間風呂に入っていないので家に帰ることにした。そして六時半頃、また病院に戻ってくると、妹が、ずっとお袋に子守唄を唄って聴かせていたと言う。お袋は眼を瞑ったままだったらしい。妹は帰って行き、私は八時頃から、ベッド脇で、家に届いていた年賀状の返事を書き始め、十時半頃ようやく書き終えて、そうしてお袋のベッド脇の簡易ベッドに横になる前に、洗面所に行こうと病室を出た。すると鏡を見ながら歯を磨いていると、暗い通路の向こうから看護師の、私を呼ぶ大きな声が聞こえてきた。心拍数が一〇〇を切った、と言う。しかし私がお袋の手を握ると、すぐに一〇〇以上に回復した。私は看護師に「大丈夫でしょう!」と自信を言って、トイレに行き、排尿していると、看護師がまた大声で私を呼び、そこで初めて私は、もしかするとこれは、と真剣になった。私は、左の手でお袋の右手を握り、右腕をお袋の背中に回して身体を抱きながら、お袋は本当に元日のうちに死ぬつもりなのかもしれない、と思った。

お袋の身体内部では、たぶん今、肉体とエーテル体(ダブル・幽体)とが懸命に死に抵抗しているはずだった。つまり、その下部組織である筋肉や血管・リンパ管、神経系や脳組織などなどが、己の機能を維持せんと、死に抗い、生に執着して、お袋の「死のう」とする意志とお袋の上位のスピリットの要求とに逆らって、必死に抵抗しているはずだった。この下部組織は、お袋の生に執着する私のようだった。

生に執着する抵抗は、魂の進化に逆行する意志であり、死への移行こそが魂の進化には大事なことだった。死への移行は、よく昆虫の脱皮に譬えられ、蝶の幼虫が何回も脱皮を繰り返し、蛹から次第に成虫になっていくように、魂という幼虫が肉体・幽体・霊体……と身体を乗り換えて、次第に進化して、やがて艶やかな蝶の成虫へと進化していくのだった。

私の視線は、ベッド脇の計器の数字、心電図の右から左へと流れる波形、そしてお袋の表情との間を、何度も何度も巡っていた……しかし、お袋に苦悶の表情はなかった。下部組織の必死な抵抗には、苦悶の表情が伴うはずだったのだ。もちろんお袋の意識はすでにエーテル体へと移っていて、本人自身は苦痛を感じてはいないとはいうが……もしかすると下部組織の抵抗の段階には、まだ至ってなく、お袋はまだ、死ぬつもりなどないのかもしれない、と思った……いや、心拍数は次第に落ちていた。お袋はやはり死ぬつもりだった。すると、私の抱きかかえる右腕の中で、お袋の薄眼が開いた。笑顔、というのではなかった。薄目のすべてが黒色のみの瞳となり、私を凝視していた。別れを告げているのだと思った。三十秒間近くその眼は開いていた。それからまぶたがゆっくり閉じると、「先生、呼びましょうか?」とベテラン看護師の声。「お願いします」と私は答えていた。ベテラン看護師は手慣れている様子だった。病室内にはもう一人若い看護師がいて、何の興味か、私の表情のみを凝視し、ヘルパーさんも二人、その時、病室の外の通路に待機している気配があった。当直の医師が現れるまでは、心電図の波形は動いていた。が、白衣の医師が病室に現れ、しばらくすると波形は一直線になり、また波形が現れ、また一直線となり、医師が「心臓を診ます」と言った。私は右腕をお袋の背中の下から抜いた。すると医師が、しばらくして、聴診器を心臓から離しながら「二十三時五分です」とお袋の死を宣告した。「ありがとうございました」と私は、医師に言って、椅子から立ち上がろうとした、その時だった。私のうるむ涙眼の中で、心電図の波形が左へと流れた……。見なかったことにしたかった。まだ元日は、五十分ほど残っていた。お袋の、生への、そして私への執着のせいか? あるいは死後も肉体のみに作用する残滓のエネルギーのせいかもしれなかった?……スタッフはみんな、何度もこんな臨終の場を経験しているはずだった。通路にいたヘルパーさん二人も病室に入って来た。私はベッドから離れて、窓際へと行き、携帯から妹へ電話した。

「お袋、いま、死んだ……」

六

　お袋の死から、ちょうど半年が経った私の術後の退院時、もちろん妹が車で迎えに来てくれた。市民病院から家までは十分もかからない距離だった。そして車内で、私は妹に、こそばゆい思いに駆られながらも、

「仲良くやっていこうな……オレはそんな気持ちでいるから」と、思い切って言ってみた。

　すると、その言葉の言霊に感染したかのように妹が、こそばゆいような笑顔になり、しかし何か言葉を返そう、と戸惑い、頭が空っぽになってしまったかのような笑顔……あるいは微苦笑、のままになっていた。

　そうして家に着き、妹は、駐車場でUターンして、こそばゆさそうな笑顔のまま手を振って帰って行った。

　家の中に入って驚いた。まず玄関を上がると、居間の障子が真新しく張り替えられているのが眼に入り、蛍光灯を付けると仏壇の中が掃除され、それから台所がきれいに片付け

られ、洗面所、風呂場のタイルの隅々まで汚れが落ちて、その汚れ落としのための使い古しの歯ブラシが一本、シャンプーやリンスの容器の間に置き忘れてあった。そしてトイレもきれいに掃除され、埃の被った消臭剤容器なども片付けられて、床のピンクのマットも新しいマットに買い替えられていた。しかし二階の私の部屋は本が乱雑のままで、手の施しようがなかったらしかった。が、部屋の出入り口の床マットが新しくなっていて、そして替えられたマットや嵩張るゴミなどが全部、一階の、お袋が寝ていた六畳間に集められ、あとは私が捨てるばかりの仕事となって山積みにされていた。

了

あとがき

『お袋という相棒』は五冊目の作品集となる。前回の四冊目（『わけが解らなかった』審美社刊）の「あとがき」に「次の五冊目は、お袋の介護が材料となりそうだ」と書いた。その通りになった。

その間に十年という時が経過していた。今までで一番長い間隔だった。創作意欲が衰えたのか、あるいは介護に追われ、疲れ、創作意欲が抑え付けられていたのか?……。

しかし、書きたいときに書きたいものを書く、という基本姿勢は変わらなかった。また「〜したい」という「欲」を行動指針に、「真理」というものに、しつこく興味と拘りを持ち続けてもいた。

若い頃は、男女間の「性欲」が絡んだ情愛に興味を持ち、「我々が語るのは愛ではない」などという題名の短編を三冊目（『夢浮遊』審美社刊）に書いたりした。これは、レイモンド・カーヴァーの「愛について語るときに我々の語ること」という短編の題名をもじったもので、このカーヴァーの作品は、二組の夫婦の会話進行のみの構成となっていて、「愛」と「憎しみ」をテーマとしていた。しかし一方、私の作品は、二人の男と一人の女の、同じ会話進行のみの構成とはなっていたが、この三人は独身で、テーマも「恋愛」と「性欲」という未熟な青臭いものになっていた。独身者と既婚者では、どうしてもその経験値に深みや重みの差が出、興味の対象の男女間の不確かな「真理」の探究も、独身者のそれは既婚者のそれに見劣りする内容となるのは明らかなようだった。そして私は、いまだに独身でいる。結婚という経験は、小説を書こうとする者には、大事な経験のはずだった。

しかし……独身には独身にしか出来ない経験が、私の人生には用意されていたのだった。独身の息子による母親の介護、という経験である。滅多に味わえない経験だった。

都内で、ビル管理業務のボイラーマンをしていた時だった。銀行の総務の女の子を好きになった。私が四十才の時、彼女は二十三才だった。可愛くて性格も良い子だった。私のような汚れきった生活をしている人間には眩しすぎる女の子だった。手が出なかった。出せなかった。デートも誘えず、誘わなかった。すると、その総務の課長が、居酒屋で私と呑んでいるとき、とつぜん、彼女の寿退社を私に打ち明けた。相手は同じ銀行員らしい。

私と課長とは出身大学も同じということで普段から仲良く、彼は私の気持ちをよく知っていた。彼女からも相談を受けていたらしい。……タール便が出た。十二指腸潰瘍になってしまった。そして彼女が退社して暫らくして私も、インドに行きたい、という理由で会社を辞めた。気恥ずかしくも、みっともない話だった。

しかし四冊目の「あとがき」では、自分の彼女への消極的な姿勢を、小説を書き続けようとする自分には「安定は挫折を意味していたから」などと、理由付けしていた。ウソではなかったが、ホントでもなかったのだ。

課長とは、いまだに付き合いがある。その当時はきっと、私や彼女の背後の存在や、課長ら周囲の人達の背後の存在達が、私や彼女を導いてくれていたに違いないのだった。結果、私は無事、生まれる前に計画していただろう、お袋の介護、という経験が出来、彼女の方も無事、赤い糸で結ばれていただろう旦那さんと一緒になれたに違いない……と思う。

真実は、人が肉体を脱ぎ捨てた後、あの世の魂となった時に初めて解るのだという。しかし人生の重大事には必ず、背後の存在達が導いてくれるともいう。そして安楽な人生よりも、困難な人生の方が尊ばれ、困難であればあるほど、学び多い、より価値ある人生であるというのである。これがスピリチュアルな発想だった。

この発想の裏にはしかし、この世の「真理」ばかりでなく、あの世の「真理」を含めた「宇宙の『真理』」ともいうべきものがあり、そしてそのスピリチュアルな『真理』の支え無くして、私は、とてもお袋の介護など全う出来やしなかった。ゆえに私の、お袋の介護という経験もスピリチュアルリズムとの出会いも、必然に違いない、と思うのだった。

最近、お袋をあの世へと見送ってからというもの、すっかり涙もろくなってしまった。テレビを観ながら頻繁に、些細なことに目頭を熱くしている自分に気付かされる。癌の手術も二度経験した。お迎えが近い、ということかも知れない。が、しかし、ある女優が、五十八才で癌を発症して、以後二十三年間に九度の癌の手術をしたと、テレビで元気に笑っていた。私もそんなふうに生かされて行くのかもしれない。実際、何故か私も元気なのである。やり残したこともいっぱいある。俳優の火野正平氏のように、私も「攻めない」……「誘わない」「口説かない」。だからタール便が出たりした?……しかし、あと何年生かされるか判らないが、六冊目は是非「恋愛小説」でも、と意気込んでいる。がんばろう!

二〇二一年八月

稲上説雄

著者プロフィール

稲上 説雄（いながみ せつお）

1951年　静岡県生まれ
早稲田大学第二文学部文芸学科卒業
著書：『鼻毛を伸ばした赤ん坊』（審美社　1993年）
　　　『大丈夫だよ』（審美社　1997年）
　　　『夢浮遊』（審美社　2003年）
　　　『わけが解らなかった』（審美社　2012年）

お袋という相棒

2021年11月15日　初版第１刷発行

著　者　稲上 説雄
発行者　瓜谷 綱延
発行所　株式会社文芸社
〒160-0022　東京都新宿区新宿１－10－１
電話　03-5369-3060（代表）
03-5369-2299（販売）

印刷所　株式会社フクイン

ISBN978-4-286-23143-3